Rüdiger Bertram wurde 1967 in Ratingen geboren. Er studierte Geschichte, Volkswirtschaft und Germanistik und arbeitet als freier Journalist und Schriftsteller. Er schreibt satirische Kurzgeschichten, Drehbücher und Konzepte für Film und Fernsehen, vor allem für Komödien und Sitcoms, und hat bereits einige erfolgreiche Kinderbücher veröffentlicht, zum Teil mit Illustrationen von Heribert Schulmeyer.

Rüdiger Bertram

Coolman und ich

Auf die harte Tour

Ein Comicroman
mit Bildern von Heribert Schulmeyer

Oetinger Taschenbuch

Außerdem bei Oetinger Taschenbuch erschienen:

Coolman und ich (Band 1)
Coolman und ich. Rette sich, wer kann (Band 2)
Coolman und ich. Ganz großes Kino (Band 3)
Coolman und ich. Ein Job für alle Fälle (Band 4)
Coolman und ich. Bonjour Baguette (Band 5)
Coolman und ich. Voll auf die Zwölf (Band 6)

MIX
Papier aus verantwortungsvollen Quellen
FSC® C014496
FSC www.fsc.org

Das für dieses Buch verwendete FSC®-zertifizierte
Papier Danube liefert Salzer Papier, St. Pölten, Austria.
Der FSC® ist eine nicht staatliche, gemeinnützige Organisation,
die sich für eine ökologische und sozialverantwortliche
Nutzung unserer Wälder einsetzt.

1. Auflage 2016
Oetinger Taschenbuch in der Verlag Friedrich Oetinger GmbH,
Poppenbütteler Chaussee 53, 22397 Hamburg
August 2016

Einband und Comics: Heribert Schulmeyer
Druck: GGP Media GmbH, Karl-Marx-Straße 24,
07381 Pößneck, Deutschland
ISBN 978-3-8415-0227-8

www.oetinger-taschenbuch.de

1. Kapitel
Flug zum Mittelpunkt der Erde

Stellt euch eine Höhle vor. So eine mit ganz vielen Gängen, die sich immer wieder verzweigen und aus denen man nie wieder herausfindet, wenn man sich erst einmal darin verlaufen hat. Die Gänge führen alle tief unter die Erde. So tief, dass es immer kälter wird, obwohl man dem brodelnden Magma des Erdkerns immer näher kommt.
Habt ihr das? Prima.
Stellt euch jetzt eine kleine Grotte vor, die am Ende eines dieser Gänge liegt und die von einer funzeligen Taschenlampe erleuchtet wird. Selbst in dem bisschen Licht sehen die Stalaktiten, die überall von der Decke hängen, bedrohlich aus. Darunter hat sich ein kleiner See gebildet, aus dem Blasen mit giftigen Gasen an die Oberfläche steigen.
Spürt ihr das Blubbern?
Riecht ihr den Schwefel?
Hört ihr das leise Schluchzen?
Gut, denn dann könnt ihr euch jetzt auch vorstellen, wie es mir geht. Mein Name ist Kai, und ich hocke in einem Kleid mit aufgedruckten Schmetterlingen am Ufer dieses unterirdischen Sees und beobachte mit zunehmender Sorge, wie

die Batterien der Taschenlampe von Minute zu Minute immer schwächer werden. Trotzdem bin nicht ich es, der da so herzzerreißend schluchzt.
Neben mir hockt Lena, meine Ex. Sie hat die Beine an ihre Brust gezogen und umklammert ihre Knie mit beiden Armen. Sie ist es, die weint, weil sie nicht glaubt, dass wir hier jemals wieder herausfinden. Ich glaube das auch nicht.

Der Trostexperte hört auf den Namen COOLMAN. Er hält sich für den Klügsten, Schönsten und überhaupt den Allerbesten. COOLMAN begleitet mich, seit ich vier bin, und dass nur ich ihn sehen kann, ist ein wahrer Segen für den Rest der Welt. Glaubt mir, es reicht, dass er mein Leben mit seinen Ratschlägen zu einer endlosen Abfolge von Katastrophen macht, und natürlich ist er - ihr ahnt es längst - auch diesmal wieder schuld daran, dass ich gemeinsam mit Lena in dieser elenden Höhle auf mein Ende warte.
So! Jetzt ist es passiert: Die Batterien der Taschenlampe haben endgültig ihren Geist aufgegeben. Mal abgesehen von den phosphoreszierenden Blasen, die giftgrün leuchtend aus den Tiefen des unterirdischen Sees aufsteigen, sitzen wir in völliger Finsternis.

Von wegen romantisch!
Aber halt! Was passiert jetzt?!
Lena greift im Dunkeln nach meiner Hand und hält sie fest. Ich erwidere vorsichtig den Druck ihrer Finger, und das fühlt sich

ziemlich gut an. Ich meine, wenn man mal unsere total hoffnungslose Lage für einen Augenblick vergisst, könnte das hier ein richtig schöner, geradezu unvergesslicher Moment sein. Lena und ich Händchen haltend am Ufer eines Sees.
»Keine Sorge, die holen uns hier raus«, sage ich, um Lena zu beruhigen. »Kann sich nur noch um Minuten handeln.«
»Wie denn? Es weiß doch niemand, dass wir hier sind«, erwidert sie. »Und das ist deine Schuld!«
»Ist es nicht«, verteidige ich mich und halte ihre Finger so fest, dass sie ihre Hand nicht aus meiner ziehen kann. Das will sie nämlich, das spüre ich.
»Wessen denn sonst?«
»COOLMANs, natürlich!«

»COOLMAN? Wer soll das denn bitte schön sein?«, fragt Lena misstrauisch.
Weil ich in meiner aussichtslosen Lage sowieso nichts mehr zu verlieren habe, kann ich ihr und euch ruhig alles erzählen:

von COOLMAN, dem Flugzeug, dem Ferienlager und wie wir uns in dieser Höhle verirrt haben.
Also haltet euch fest! Wir schmeißen die Zeitmaschine an.

ZWEI WOCHEN VORHER

Ich bin mit meinen Eltern auf dem Weg in den Urlaub: Drei Wochen Tunesien liegen vor uns, und ich freue mich wahnsinnig auf die Ferien, weil es das erste Mal ist, dass wir so richtig weit weg fliegen. Noch fliegen wir aber gar nicht, noch stehen wir vor der Sicherheitskontrolle. Wir warten darauf, dass wir endlich durch dieses Tor mit den Metalldetektoren dürfen, durch das alle müssen, damit niemand gefährliche Waffen an Bord schmuggeln kann. Ich habe keine Waffen, sondern nur mein Skateboard unterm Arm, weil das nicht in meinen Koffer gepasst hat. Das hat den Vorteil, dass ich die langen Wege im Flughafen nicht zu laufen brauche. Meine Eltern sind mittlerweile schon durch die Schleuse, und wie erwartet haben die Metalldetektoren bei ihnen geschwiegen. Meine Eltern sind harmlose Schauspieler. Die spielen Terroristen höchstens auf der Bühne.

Jetzt bin ich dran.

Der Uniformierte, der mit strengem Blick neben der Schleuse steht, winkt mich zu sich. Ich lächele freundlich zurück und mache mich brav auf den Weg. Genau in diesem Augenblick heult eine Sirene los. Es dauert einen Moment, bis ich kapiere, dass das was mit mir zu tun hat. Kurz darauf bin ich auch schon von einer Meute uniformierter Security-Typen umstellt, die alle nicht so aussehen, als ob sie gekommen wären, um mir einen schönen Urlaub zu wünschen. Das müssen die Kugellager von meinem Skateboard gewesen sein oder ...

Ich will in meine Tasche greifen, weil mir plötzlich klar wird, was den Alarm ausgelöst hat. Aber dazu komme ich gar nicht mehr.
»Finger weg, Kleiner!«, brüllt der Chef der Security-Truppe. Er ist so behaart, dass seine Brusthaare sogar oben am Kragen rausgucken. »Du nimmst jetzt ganz, ganz langsam die Hände hoch.«
Das ist eine von den Situationen, in denen man besser tut, was einem gesagt wird.
»Aber das ist doch nur ...«, versuche ich zu erklären, während ich artig meine Arme in die Höhe strecke.
»Klappe!«, unterbricht mich der Gorilla.
Meine Eltern haben gar nicht mitbekommen, was los ist. Die sind gleich weiter in den Duty-free-Shop, der direkt hinter der Sicherheitszone liegt.
Der Security-Boss nähert sich vorsichtig und greift mit spitzen Fingern in meine Jackentasche.
Das hätte er besser nicht gemacht.
»Au! Was zum Teufel ...«, flucht er und zieht seine Hand wieder aus meiner Tasche. An vier seiner fünf Finger hängen Angelhaken, die ich mir kurz vor unserer Abfahrt noch schnell eingesteckt hatte.
Das war COOLMANs Idee.

Wegen der fiesen Widerhaken dauert es eine Ewigkeit, bis der Gorilla sich befreit hat. Er gibt sie mir dann trotzdem nicht zurück. Er kassiert sie alle ein und verhört mich, bis er ganz sicher ist, dass ich völlig harmlos bin. Das dauert, und als ich endlich wieder bei meinen Eltern eintreffe, fragen die nur, wo ich so lange gesteckt habe.
Wegen der Verzögerung an der Schleuse kommen wir erst in letzter Sekunde beim Check-in an.

Wo COOLMAN recht hat, hat er recht. Um die Stewardess nicht länger warten zu lassen, sause ich die Rampe, die vom Terminal zum Flieger führt, auf meinem Skateboard hinunter. Das prickelt angenehm unter den Füßen, weil auf dem Boden so ein schwarzer Noppenbelag verlegt worden ist. Weil die Rampe ziemlich steil ist, schaffe ich es allerdings nicht mehr rechtzeitig, zu bremsen. Mit Vollgas rase ich einem alten Mann in die Hacken. Zum Glück sind genügend Eiswürfel für die Getränke da, die bringt die Stewardess zum Kühlen. Der alte Mann sieht den kleinen Zwischenfall ganz locker, weil die Stewardess ihm außerdem noch einen Platz in der ersten Klasse anbietet, damit er die Fluggesellschaft nicht verklagt. Als er hinter dem Vorhang verschwindet, der die Luxuspassagiere vom gewöhnlichen Rest trennt, muss er auch schon gar nicht mehr hinken.

Die anderen Passagiere starren uns wütend an, weil sich wegen unserer Verspätung der Start um ein paar Minuten verzögert und nach der Notfallbehandlung jetzt kein Eis mehr für ihre Drinks da ist. Die scheinen ihren Urlaub ja dringend nötig zu haben, wenn die sich schon über solche Kleinigkeiten so aufregen.

Ich verstaue mein Board schnell oben in der Gepäckablage und setze mich. Ich habe einen Platz am Fenster, und das ist super, denn ich liebe es, während des Flugs von oben auf die Wolken zu gucken. Aber noch heben wir nicht ab, weil der Pilot auf die Starterlaubnis wartet. Die Stewardess hat trotzdem schon mal angefangen, ihren Sicherheitsvortrag

zu halten. Das kennt ihr bestimmt: Da wird erklärt, wo die Notausgänge sind, wie man die Sauerstoffmasken benutzen soll und warum es verboten ist, im Flughafen Skateboard zu fahren.
Als sie das sagt, sieht sie ausgerechnet mich böse an.
Dabei haben sich meine Eltern schon tausend Mal für die Verspätung und den kleinen Unfall auf der Rampe entschuldigt, weil ihnen das so peinlich war. Schade, dass meine Schwester Anti nicht dabei ist. Der ist überhaupt nichts peinlich. Aber Anti hat einen Ferienjob. In den nächsten Wochen arbeitet sie als Kinderbetreuerin in einem Zeltlager, und wer von euch Anti kennt, weiß, dass die armen Kinder dort nicht zu beneiden sind. Anti kümmert sich in dem Camp um die Mädchen, für die Jungs ist Major Horst verantwortlich, was auch nicht viel besser ist.
Major Horst ist Berufssoldat und so eine Art voll funktionsfähige Ein-Mann-Armee. Außerdem ist er der Vater meines Freundes Justin, der deswegen die Ferien auch in diesem grässlichen Zeltlager verbringen muss. Gemeinsam mit seinem besten Kumpel Alex. Das Lager heißt nicht nur so, die schlafen da wirklich in Zelten, und dass es in denen Betten gibt, glaube ich eher nicht. Wahrscheinlich müssen die dort auf dem harten Boden pennen, jeden Tag Berge von Kartoffeln schälen und abends am Lagerfeuer zur Gitarre Volkslieder schmettern.
Aber das kümmert mich nicht. Vor mir liegen drei Wochen Strandurlaub in Tunesien. Für meine Eltern ist es der erste

längere Urlaub seit Jahren, und sie freuen sich wahnsinnig. Die zwei sind völlig überarbeitet und deswegen auch sofort eingeschlafen, nachdem sie ihre Plätze im Flieger eingenommen hatten.
Die Stewardess ist immer noch dabei, die überlebenswichtigen Verhaltensmaßnahmen bei einem Absturz aufzuzählen. Das macht sie jetzt schon fast eine gefühlte halbe Stunde. Kein Wunder, dass ihr niemand zuhört. Meine Eltern schlafen, und die anderen Passagiere lesen in ihren Zeitungen oder starren gelangweilt gegen die Rückenlehne ihres Vordermanns, während sie darauf warten, dass der Flieger endlich zur Startbahn rollt.
Dabei gibt sich die Stewardess wirklich Mühe.

Weil mir die Stewardess tatsächlich ein wenig leidtut, finde ich COOLMANs Vorschlag gar nicht so blöde. Ich setze meinen Das-ist-ja-superspannend-was-Sie-da-gerade-erzählen-Gesichtsausdruck auf. Den beherrsche ich im Schlaf, weil ich den auch in der Schule immer benutze.
»Unter jedem Sitz befindet sich eine Schwimmweste. Im Falle eines völlig unwahrscheinlichen Absturzes ziehen Sie die Schwimmweste auf Anweisung der Besatzung über den Kopf und befestigen Sie die Verschlüsse. Unmittelbar nach Verlassen des Flugzeugs ziehen Sie an den roten Griffen, um die Weste aufzublasen.«
Keine Ahnung, warum die Stewardess uns das erzählt, wenn es doch sowieso völlig unwahrscheinlich ist, dass wir abstürzen.
Ich will trotzdem kein Spielverderber sein und schaue vorbildlich unter meinem Sitz nach.
Ich schaue ein Mal nach.
Ich schaue zwei Mal nach.
Ich schaue drei Mal nach.
Da ist aber gar keine Rettungsweste!
Es gibt für jede Reihe nur ein einziges Exemplar, aber das ist wahrscheinlich noch nie jemandem aufgefallen, weil noch nie jemand den Sicherheitsanweisungen zugehört und nachgeguckt hat. Für den völlig unwahrscheinlichen Fall eines Absturzes sichere ich mir meine Weste und ziehe sie mir über den Kopf.
Man kann ja nie wissen.

Das werde ich ganz sicher nicht tun. Ich bin ja nicht doof.
Ich richte mich mit der Weste um den Hals wieder auf, aber dabei bleibt einer der roten Griffe irgendwo hängen. Woran, lässt sich nachher nicht mehr so genau rekonstruieren. Wahrscheinlich an der Lehne zwischen meinem und dem Platz meiner schlafenden Eltern.
Mit einem lauten Zischen strömt Luft in die Weste, die sich in wenigen Sekunden auf die Größe eines Hüpfballs aufbläht. Weil ich die Weste nicht mit dem dazugehörigen Bauchgurt fixiert habe, hängt sie mir jetzt direkt vor dem Gesicht, sodass ich kaum noch Luft bekomme. Sie hat sich zwischen meiner Nase und dem Sitz vor mir verklemmt. Ich kann es zwar nicht sehen, aber ich bin mir ziemlich sicher, dass jetzt keiner der Passagiere mehr gelangweilt die Rückenlehne seines Vordermanns anstarrt.
Die starren alle mich an!
Statt zu glotzen, sollten sie mir lieber helfen. So prall aufgeblasen kriege ich die Weste nämlich nicht mehr über meinen Kopf. Mir bleibt nur eine Wahl: mein Schweizer Taschenmesser mit den 152 Funktionen!

Das hat der Gorilla bei der Sicherheitskontrolle übersehen, weil er nur Augen und Finger für meine Angelhaken hatte. Während ich höre, wie die Passagiere lachen und die Stewardess schimpft, klappe ich die Klinge aus.
»Er hat ein Messer! Er hat ein Messer!«, schreit eine Frau aufgeregt, die eine Reihe vor mir sitzt und sich nach mir umgedreht hat.
Das sehe ich, nachdem ich die Klinge in die aufgeblähte Weste gestoßen habe und die Luft zischend daraus entwichen ist. Kurz darauf wird das Flugzeug auch schon von zwei der Security-Gorillas gestürmt, die mir schmerzhaft den Arm auf den Rücken verdrehen.
»Das ist doch der Kleine mit den Angelhaken!«, brüllt einer der Gorillas.
»Diese Selbstmordattentäter werden auch immer jünger«, erwidert sein Begleiter und tastet meinen Bauch nach irgendwelchen versteckten Sprenggürteln ab.
Weil das so kitzelt, muss ich lachen, und das macht die Gorillas noch wütender. Jetzt wachen endlich auch meine Eltern auf, die zuerst gar nicht verstehen, warum der Flug an dieser Stelle für uns beendet ist.
Sogar der Pilot ist jetzt in der Kabine aufgetaucht, um nachzusehen, wer für den Radau in seinem Flieger verantwortlich ist. Er hat es eilig, weil er vom Tower endlich eine Starterlaubnis bekommen hat. Deswegen legt er selbst Hand an und öffnet das Gepäckfach, damit ich und meine Eltern unsere Taschen wieder ausladen können. Als er die Klappe

aufmacht, rutscht ihm mein Skateboard entgegen und landet genau auf seiner Stirn, wo es eine winzige Platzwunde hinterlässt. Auch wenn es stark blutet, glaube ich trotzdem, dass es schlimmer aussieht, als es ist.
Der Pilot sitzt stöhnend im Mittelgang, und die Stewardess, die sich zu ihm hinuntergebeugt hat und die Verletzung untersucht, sagt: »Damit können Sie unmöglich fliegen. Wir müssen den Flug canceln.«
Das sagt sie so laut, dass es alle hören können.
Jetzt bin ich ganz froh, dass die Security da ist. Die Leute sind ziemlich wütend auf mich, obwohl ich ja eigentlich gar nichts dafürkann. Dennoch scheinen sie mich irgendwie dafür verantwortlich zu machen, dass ihr Urlaub für heute wohl ausfällt.
Die Gorillas nehmen mich und meine Eltern in die Mitte und geleiten uns aus dem Flieger, bevor der aufgebrachte Mob mir etwas antun kann.
Zwei Stunden sitze ich dann noch in einem winzigen Büro, in dem nur ein Tisch, zwei Stühle und eine Kaffeetasse stehen.

Auch ohne COOLMANs Verteidigung glaubt mir der Gorilla endlich, dass das alles nur eine Verkettung unglücklicher Umstände war. Mein Taschenmesser mit den 152 Funktionen behält er trotzdem, genau wie meine Angelhaken, und es würde mich nicht wundern, wenn er nebenbei einen Laden für Jagd- und Angelbedarf betreibt.

Von den fehlenden Rettungswesten im Flieger will er gar nichts hören.

Dabei ist das doch der eigentliche Skandal!

»Wenn das mein Junge wäre, würde ich den ratzfatz in eine Erziehungsanstalt stecken«, sagt der Gorilla zu meinem Vater, als er mich meinen Eltern übergibt.

Die haben die ganze Zeit draußen gewartet und sehen gar nicht erleichtert aus, sondern ziemlich sauer. Meine Mutter steckt gerade ihr Handy weg. Wahrscheinlich hat sie schon eine Alternative für unsere Ferien klargemacht.

»Gute Idee!«, sagt mein Vater zu dem Security-Typen und schiebt mich in Richtung Parkplatz.

2. Kapitel
Alles halb so schlimm

Meine Eltern sagen kein einziges Wort, als sie mit mir durch den Terminal zum Flughafenparkplatz laufen. So ähnlich müssen sich Napoleon und seine geschlagenen Truppen beim Rückzug aus Russland gefühlt haben: als absolute Master of Desaster!

»Seht es doch mal von der positiven Seite: Wenn wir jetzt schon wieder nach Hause fahren, sparen wir doch enorm bei den Parkgebühren«, versuche ich die eisige Stimmung etwas aufzulockern.

Die sind nämlich wirklich extrem hoch, darüber hat sich mein Vater richtig aufgeregt, als wir den Wagen abgestellt haben. Und jetzt wird es ja wirklich viel billiger, weil wir nur ein paar Stunden und keine drei Wochen hier geparkt haben.

Aber auch das kann meine Eltern nicht aufheitern. Sie packen unser Handgepäck in den Kofferraum und steigen ein. Unsere restlichen Sachen will uns die Fluggesellschaft freundlicherweise nachsenden, wenn sie aus Tunesien wieder zurückkommen. Im Gegensatz zu uns sind unsere Koffer ja noch in dem Flieger, der gerade mit einem Ersatzpiloten über unsere Köpfe hinwegdonnert.

Die Atmosphäre im Wageninneren ist so kühl, dass mein Vater darauf verzichten kann, die Klimaanlage einzuschalten. Und das, obwohl der Regen draußen richtig warm ist. Hier regnet es seit Wochen. In Tunesien regnet es nie.
Meine Eltern starren auf die Scheibenwischer, die sich im Takt von rechts nach links und wieder zurück bewegen, und ich bin wahrscheinlich der Einzige, der sich bemüht, dem Ganzen auch etwas Positives abzugewinnen.

- »Zu Hause ist es doch auch ganz schön!«
- »In Tunesien wäre es uns bestimmt viel zu heiß geworden.«

- »Es gibt ja so viele hübsche Ecken in Deutschland, die wir noch gar nicht gesehen haben.«
- »Und überhaupt: Das Essen wäre uns bestimmt nicht bekommen. Da hätten wir ständig auf dem Klo gehockt.«
- »Für die Umwelt sind so lange Flüge auch total übel.«
- »Feuerquallen! In Tunesien soll es davon ganz viele geben. Da kann man gar nicht ins Wasser gehen.«
- »Manchmal scheint doch auch bei uns die Sonne, und wenn es regnet, ist das schließlich gut für die Pflanzen.«
- »Wozu braucht man einen Strand mit Palmen, wenn man ein Freibad hat?«
- »Drei Wochen daheim: Da kann man all die Dinge erledigen, für die man sonst keine Zeit hat.«
- »Das TV-Programm ist im Sommer gar nicht so übel, wie die Leute immer behaupten.«
- »Ihr findet jetzt überall einen Parkplatz, weil doch alle anderen im Urlaub sind.«

»Halt den Mund!«, faucht mein Vater, als ich mein letztes Argument angeführt habe, warum das mit der verpatzten Reise gar nicht so furchtbar schlimm ist.
»Aber ...«, beginne ich.
»Noch ein Wort Kai, und ...«, ergänzt meine Mutter.
Sie sagt nicht, was dann passieren würde. Braucht sie auch nicht. Ich kann es mir denken. Also halte ich den Mund und schaue mir die Landschaft an, die draußen vor dem Fenster an mir vorbeirauscht. Wir haben den Flughafen längst hinter uns gelassen und sind auf dem Weg ... wohin eigentlich?

Eine Stadt habe ich schon lange nicht mehr gesehen, und die Dörfer, an denen wir vorbeikommen, werden auch immer kleiner. Kurz darauf sind überhaupt keine Häuser mehr zu sehen. Das ist jedenfalls nicht der Weg, den wir zum Flughafen genommen haben.

»Wohin fahren wir überhaupt?«, frage ich vom Rücksitz aus, weil ich schon gern wissen möchte, wo meine Mutter uns für die nächsten drei Wochen eine Ausweich-Ferienunterkunft gebucht hat.

Keine Antwort.

»In ein Vier-Sterne-Hotel?«

Keine Antwort.

»Ein Drei-Sterne-Hotel?«

Keine Antwort.

»Ein Zwei-Sterne-Hotel?«

Keine Antwort.

Das glaube ich eher nicht. Erstens ist das hier ganz sicher nicht der Weg zum Meer, und zweitens war der Tunesien-

urlaub teuer. So teuer, dass das Ersparte meiner Eltern kaum für eine Luxuskreuzfahrt reichen wird. Selbst wenn man die eingesparten Parkgebühren auf dem Flughafen dazurechnet.
Weil ich keine Antwort erhalte, starre ich weiter in den Regen, der die ganze Landschaft in ein trostloses Grau taucht. Menschliche Behausungen sind jetzt nicht mehr zu sehen, zumindest keine, deren Mauern noch stehen. Die meisten der Häuser sind die reinsten Ruinen. Und wenn auf den Feldern ein Bauer arbeitet, hat er keinen Traktor, sondern einen Ochsen vor dem Pflug. Auch Autos sind uns lange keine mehr begegnet. Dafür haben wir auf den letzten fünf Kilometern drei Pferdefuhrwerke und vier Esel überholt, die von barfuß laufenden Jungen zur Eile getrieben wurden. Viel anders sieht es in Tunesien bestimmt auch nicht aus, nur dass da eben die Sonne scheint.
Ich weiß immer noch nicht, was unser Ziel ist, aber wo immer uns unser Weg auch hinführt: Es dürfte so ziemlich die hinterste Ecke in ganz Deutschland sein. Da, wo wir hinfahren, gibt es bestimmt nicht einmal einen Hasen und einen Fuchs, die sich Gute Nacht sagen könnten.

Kurz darauf biegt mein Vater rechts auf eine kleine Lehmpiste ab. Am Rand des Weges steht ein Schild mit der Aufschrift *Camp Kinderglück*. Aber sicher bin ich mir nicht, weil der Regen jetzt so stark ist, dass ich kaum etwas erkennen kann.

Unser Wagen holpert noch eine gute Viertelstunde über den schlammigen Weg, ehe wir vor einem Schlösschen stoppen, das ich in dieser gottverlassenen Gegend gar nicht erwartet hätte. Mein Vater und meine Mutter drehen sich endlich zu mir um und halten mir eine lange Moralpredigt über die Notwendigkeit, die Konsequenzen seines Handelns zu tragen. Übersetzt heißt das so viel wie: Wenn man Mist gebaut hat, muss man den auch ausbaden. Und damit ist nicht das Herumplanschen im Swimmingpool eines Luxushotels gemeint. Der Mist ist in diesem Fall unser ausgefallener Tunesienurlaub, für den meine Eltern mir ganz allein die Schuld geben. Und ausbaden muss ich den, indem ich die nächsten drei Wochen in dem Zeltlager verbringe, das von Anti und Major Horst terrorisiert wird.

Meine Eltern sind Schauspieler, die können solche Ansprachen wirklich gut, und als sie fertig sind, fühle ich mich richtig mies. Trotzdem gebe ich mich nicht so leicht geschlagen.
»Das Camp ist bestimmt so toll, dass da jeder hinwill. Da gibt es doch sicher keinen einzigen freien Platz mehr«, schwindele ich, damit sie sich die Sache noch einmal überlegen.
»Keine Sorge«, erwidert meine Mutter. »Ich habe vom Flughafen aus angerufen. In dem Camp ist kurzfristig ein Platz frei geworden, den kannst du haben.«
»Ein Junge dort hat sich einen Arm gebrochen. Angeblich hat er das absichtlich getan, weil es der einzige Weg ist, ausgeflogen zu werden. Aber das halte ich für ein Gerücht«, sagt mein Vater, doch so, wie er es sagt, kann ich hören, dass er das selbst nicht glaubt ... das mit dem Gerücht.
»Aber ich habe gar nichts zum Anziehen dabei. Meine Sachen sind alle noch im Flieger!«, rufe ich, und es könnte gut sein, dass da eine Spur Panik in meiner Stimme mitklingt.
»Die werden dir nachgeschickt, ist alles schon geregelt«, erwidert meine Mutter und macht von innen die Autotür auf, damit ich aussteigen kann. »Du brauchst nur zu klingeln, die erwarten dich schon.«
»Und wo fahrt ihr hin?«
»Deine Mutter hat ein kleines romantisches Hotel in der Lüneburger Heide gebucht. Das ist zwar nicht Tunesien, aber dafür war es günstig«, erklärt mein Vater.
»Kann ich nicht mitkommen?«, frage ich verzweifelt.

»Geht nicht, wir haben das letzte freie Zimmer gekriegt«, antwortet meine Mutter.
»Ich schlaf auch in eurem Bett!«, rufe ich.
»Dafür bist du doch schon viel zu alt, Kai«, erwidert mein Vater.
»Ich brauche kein Bett. Ich übernachte in der Badewanne.«
»Das Zimmer hat keine Wanne, nur eine Dusche.«
»Auf dem Boden. Ich schlaf auf dem Boden. Gar kein Problem.«
»Keine Sorge, wir holen dich wieder ab. Und jetzt steig bitte aus, Kai«, sagt meine Mutter und gibt mir einen Kuss zum Abschied. Nicht so einen von der Sorte: Ich hab dich schrecklich lieb. Sondern eher einen von der Sorte: Auch wenn ich dich schrecklich lieb hab, halt jetzt den Mund und geh.
Ich weiß, wann ich verloren habe. Ich ergebe mich in mein Schicksal, wünsche meinen Eltern eine schöne Reise, schnappe mir mein Skateboard und steige aus. Draußen ziehe ich mir schnell die Kapuze meines Hoodies über den Kopf und renne durch den Regen zum Eingang des kleinen Schlösschens, während hinter mir meine Eltern schon den Rückwärtsgang eingelegt haben und den Feldweg zurück in Richtung Zivilisation rasen. Aus dem Regen ist ein richtiges Sommergewitter geworden. Es blitzt und donnert, und ich hoffe nur, dass jemand zu Hause ist, der mich schnell hereinlässt, sonst werde ich hier draußen noch vom Blitz erschlagen.

Danke, COOLMAN, hack du nur auch noch auf mir rum.

Ich muss fünf Mal klingeln, ehe mir jemand öffnet. In der Zwischenzeit bin ich so nass, dass mir meine Klamotten auf der Haut kleben und sich in meinen Schuhen zwei Seen gebildet haben, die so groß sind, dass man darin einen Schwarm Fische aussetzen könnte.
Vielleicht war das mit dem Ausbaden ja doch wörtlich gemeint?
Als die Tür aufgeht, steht eine alte Dame vor mir. Sie trägt

einen dicken Kater auf dem Arm und stützt sich auf einen Stock, weil sie schon ganz gebeugt geht. Sie sieht ein bisschen so aus wie die böse Hexe aus Hänsel und Gretel. Nur in freundlich.

»Du musst Kai sein. Du bist ja ganz nass, du Ärmster! Komm erst mal rein und trockne dich ab. Danach mache ich dir einen warmen Tee und etwas zu essen, ehe du zu den anderen ins Camp Kinderglück gehst«, sagt die alte Dame und führt mich durch einen langen, düsteren Flur in ein Badezimmer.

»Das ist sehr nett«, bemerke ich, weil es das tatsächlich ist und ich mit so einem herzlichen Empfang gar nicht gerechnet hatte.

»Ja, furchtbar fett, der Kater, ich weiß«, erwidert die freundliche alte Dame, die offensichtlich etwas schwerhörig ist. »Ich sollte ihm weniger zu fressen geben. Er heißt übrigens Nero.«

»*Nett*, ich sagte *nett*, nicht *fett*«, korrigiere ich sie, weil ich den Kater ja gar nicht beleidigen wollte.

»Nein, ein Bett habe ich nicht für dich. Du schläfst im Camp bei den anderen Kindern. Ich geh jetzt Tee machen. Zieh ruhig den Bademantel da an, bis deine Sachen wieder trocken sind.«

Ich nehme mir eines der Handtücher, die an einem Haken hängen. Direkt daneben baumelt der Morgenmantel, von dem sie gesprochen hat. Er ist aus rosa Frotteestoff und hat Rüschen an den Ärmeln und am Kragen.

»Das soll ich anziehen?«

»Stimmt, er ist ein bisschen kurz an den Knien. Ich hoffe, das stört dich nicht«, erwidert die alte Dame und verschwindet.

Was bleibt mir übrig?

Ich hänge meine nassen Klamotten über den Rand der Badewanne und trockne mich ab. Dann starre ich fünf Minuten den Oma-Mantel an, ehe ich mich endlich überwinden kann, ihn anzuziehen.

Was soll's, es sieht mich ja keiner.

Weil das Schlösschen so viele Zimmer hat, dauert es eine Weile, bis ich die nette alte Dame wiederfinde. In den meisten Räumen sind die Möbel mit weißen Laken abgedeckt, und es riecht modrig, so als wenn die schon seit Ewigkeiten keiner mehr betreten hätte.
Endlich entdecke ich sie in ihrem Wohnzimmer. Im Kamin knistert ein gemütliches Feuer, und auf dem runden Abstelltischchen stehen tatsächlich eine Kanne Tee und ein paar Kekse. Das erinnert mich an einen Kaffeeklatsch, zu dem ich mal bei der englischen Königin im Garten ihres Palastes eingeladen war. Na ja, richtig eingeladen war ich eigentlich nicht, und dass es sich um die Queen handelte, habe ich auch erst ziemlich spät bemerkt, weil ich sie die ganze Zeit für die Gärtnerin gehalten habe.
Aber das ist eine andere Geschichte.
Die nette alte Dame sitzt auf einem Stuhl und schaut aus dem Fenster. Das Gewitter ist vorüber, und es gibt jetzt sogar einen Regenbogen, der sich in schillernden Farben über den ganzen Horizont erstreckt.

Auf dem Schoß der alten Dame hockt der dicke Kater, der sich mit seiner rechten Tatze einen Keks von dem Silbertablett angelt und ihn sich zwischen seine kleinen spitzen Zähne schiebt.

»Könnte ich vielleicht auch etwas Tee haben?«, frage ich die nette alte Dame höflich, als ich mich auf einen Stuhl ihr gegenüber setze.

»Danke der Nachfrage, aber bis auf mein rechtes Knie tut mir nichts weh«, antwortet sie.

»Tee! Kann ich bitte auch eine Tasse Tee haben?«, wiederhole ich meine Frage, diesmal etwas lauter.

»Nein, ich habe keine nasse Fee gesehen. Aber bist du nicht ein bisschen zu alt, um an so etwas zu glauben?«, sagt die Alte und zwinkert mir zu.
Vielleicht macht sie sich ja auch nur über mich lustig.
»Tee!«, schreie ich und bewege meine Lippen dabei so überdeutlich, dass selbst ein Maulwurf mir das Wort von den Lippen ablesen könnte.
»Leider haben wir keinen See. Hier gibt es nur einen Fluss. Aber wie unhöflich von mir: Ich hab dich noch gar nicht gefragt, ob du etwas Tee und ein paar Kekse möchtest?«
Ich nicke nur, weil ein vernünftiges Gespräch sowieso unmöglich ist. Die nette alte Dame gießt mir eine Tasse ein und reicht mir den Teller mit den Keksen.
Dann fängt sie an zu erzählen, so wie alte Leute das gerne tun, die nicht oft Besuch bekommen. Ich höre zu, knabbere an meinem Keks, der wirklich lecker ist, nippe an dem Tee und schaue zu, wie sich der Regenbogen langsam auflöst. Die nette alte Dame hat das Schlösschen und die Ländereien von ihren Vorfahren geerbt. Ihre Familie lebt hier schon seit Generationen und war früher ziemlich vermögend. Aber das ist schon lange her. Um halbwegs über die Runden zu kommen, hat die nette alte Dame Teile ihres Anwesens an das Camp Kinderglück vermietet. Trotzdem reicht das Geld vorn und hinten nicht, und irgendein Konzern will alles kaufen, um hier eine Skilanglaufhalle zu bauen, in der man das ganze Jahr über auf einer Fünf-Kilometer-Rundstrecke unter Neonröhren im Kreis laufen kann.

Während die alte Dame erzählt und erzählt, hat sich der Kater davongemacht. Wahrscheinlich hat er die Geschichte schon tausendmal gehört und langweilt sich. Ich langweile mich auch. Deswegen stehe ich auf und gehe ans Fenster. Mein Blick fällt in ein Tal, durch das sich ein Fluss windet. Rechts und links des Flusses sind jeweils eine Handvoll Zelte aufgebaut. Die auf der rechten Seite sind alle olivgrün und wirken auf mich, als wären sie noch aus den Napoleonischen Kriegen. Sie stehen in einem Kreis, der so rund ist, als hätte ihn jemand mit einem riesigen Zirkel gezogen. Die meisten der Zelte auf der anderen Uferseite sind rosa,

und in ihrer Aufstellung ist beim besten Willen keine Ordnung zu erkennen. Von hier oben sehen sie aus, als hätte man einen Eimer mit Spielzeugzelten einfach auf den Boden ausgekippt. In der Mitte des Chaos steht eine schwarze Hütte, und die kann nur meiner Schwester Anti gehören. Schwarz ist Antis Lieblingsfarbe. Die beiden Camps sind durch eine Holzbrücke verbunden, auf der sich genau in der Mitte ein Gitter befindet, das die eine von der anderen Seite trennt.
»Wenn deine Sachen trocken sind, kannst du zu den anderen Kindern gehen«, sagt die nette alte Dame, die ebenfalls aufgestanden ist und jetzt neben mir am Fenster steht.
»Kann ich nicht hier bei Ihnen bleiben?«, frage ich.
»Natürlich kannst du deinen Eltern schreiben. Am rechten Ufer wohnen übrigens die Knaben. Die werden von Major Horst betreut. Ein ganz reizender Mann und so schneidig«, erklärt sie mir. »Am linken Ufer sind die Mädels. Die Leitung hat ein Mädchen mit Namen Anti. Ein bezauberndes Geschöpf - und so hilfsbereit!«
Das muss eine andere Anti sein. Meine Schwester ist weder bezaubernd noch hilfsbereit.
Die nette alte Dame dreht sich um und geht ins Bad, um meine Sachen zu holen. Kurz darauf höre ich einen lauten Schrei: »Du böses, böses Katerchen! Was hast du nur wieder angestellt!«
Als ich bei ihr ankomme, sehe ich, was passiert ist.
Meine Sachen sind total zerfetzt, weil der fette Nero sie mit seinem Kratzbaum verwechselt hat.

»Das tut mir schrecklich leid«, entschuldigt sich die nette alte Dame für ihr verzogenes Miezekätzchen. »Aber weißt du was? Alles halb so schlimm, behalte einfach meinen Bademantel an. Den leih ich dir.«
»Das geht doch nicht«, erwidere ich, weil ich unmöglich in diesem Aufzug im Camp Kinderglück auftauchen kann.
»Er ist ganz schlicht, da hast du völlig recht«, sagt die nette alte Dame.

Das werde ich bestimmt nicht tun. Die alte Dame ist wirklich nett, und dafür, dass sie schlecht hört und ihr fetter Kater meine Sachen zerfetzt hat, kann sie ja nichts.
Sie begleitet mich hinaus in den Garten und führt mich zu einer Steintreppe, die hinunter ins Tal führt.

»Viel Vergnügen!«, wünscht sie mir zum Abschied.
»Danke«, antworte ich, obwohl ich bezweifle, dass ich dort unten viel Spaß haben werde.
»Nein, da ist keine Schranke, du kannst einfach so durchgehen«, erwidert die nette alte Dame und winkt mir hinterher, während ich in dem rosa Morgenmantel und mit meinem Skateboard unterm Arm langsam Stufe für Stufe die Treppe zum Camp Kinderglück hinuntersteige.
Was soll ich auch sonst tun? Fliehen wäre eine Alternative, aber in dem rosa Fummel käme ich bestimmt nicht weit.

Statt der Sonne und der Strände Tunesiens erwarten mich im Camp Kinderglück:

- Major Horsts Lagerdiktatur
- Zelte ohne Betten
- Knietiefe Pfützen
- Mücken über Mücken
- Hohn und Spott
- Vor allem Hohn und Spott
- Und noch mehr Hohn und Spott

Hölle, ich komme!

3. Kapitel
Alles ist noch viel schlimmer

Die Steintreppe endet auf einer Wildblumenwiese, die vom Regen noch ganz nass ist. Zwischen den Blumen und Gräsern schlängelt sich ein Pfad, der zum Camp führt. Unter meiner Sohle schmatzt der Matsch, und der Morgenmantel saugt sich sofort mit Wasser voll, wenn ich im Vorbeigehen die langen Grashalme streife. Als ich das Zeltlager erreiche, bin ich das zweite Mal an diesem Tag klitschnass.

Abgesehen von einer schwarz-weiß gescheckten Ziege ist das Camp leer. Sie grast friedlich zwischen den olivgrünen Zelten. Es ist alles extrem aufgeräumt. Nirgendwo liegen Sachen oder Klamotten herum, und ich kann mir nicht vorstellen, dass hier wirklich irgendwelche Kinder campen sollen.

Genau in der Mitte der Zelte befindet sich der Feuerplatz.

Solange COOLMAN keine besseren Tipps für mich hat, begnüge ich mich mit der Restwärme der Asche. Dazu setze ich mich auf mein Skateboard, damit ich keinen nassen Hintern kriege, und warte, bis Major Horst mit den anderen Jungs auftaucht. Wahrscheinlich machen sie einen kleinen Ausflug in die Umgebung, oder sie sind im Kino oder Eis essen - was man in Feriencamps eben so macht, um alle trotz des schlechten Wetters bei Laune zu halten.
Vom anderen Ufer klingen Lachen und Kichern herüber. Da ist auf jeden Fall mehr los als auf dieser Seite des Flusses, und das wundert mich ein bisschen, weil meine Schwester Anti nicht unbedingt das ist, was man eine Stimmungskanone nennen würde. Eher das Gegenteil. Nicht umsonst ist Schwarz schließlich ihre Lieblingsfarbe.
Ich hätte große Lust, mal nachzuschauen, was dort drüben los ist, aber das Gitter auf der Mitte der Brücke ist mit einem dicken Vorhängeschloss gesichert. Das habe ich vom Fenster aus schon gesehen. Da kann ich mir den Weg sparen.

Ohne mich! Ich bleibe einfach hier hocken und warte. Währenddessen wird das Lachen hinter meinem Rücken auf der anderen Flussseite immer lauter. Aber ich drehe mich nicht

um, den Gefallen tue ich ihnen nicht. Ich habe nämlich den Verdacht, dass die gute Laune im Mädchen-Camp etwas mit meinem rosa Morgenmantel zu tun hat. Wahrscheinlich stehen die alle am Ufer, zeigen mit ihren langen lackierten Fingernägeln auf mich und lachen sich kringelig. Ein helles Lachen kommt mir bekannt vor. Das ist aber völlig unmöglich. Lena ist mit ihren Eltern bestimmt irgendwo weit, weit weg, weil ihr Vater doch unser Bürgermeister ist, und der schickt seine Tochter bestimmt nicht in ein Zeltlager. Die sind mit der ganzen Familie garantiert in New York, Peking, Rio oder London, um die Beziehungen zwischen diesen Metropolen und Keinklagenstadt zu intensivieren. Die spielen ja quasi in einer Liga. Denkt zumindest unser Bürgermeister.
Das Giggeln und das Gekicher hinter mir hören erst auf, als sich aus der Ferne das Motorengeräusch eines Militärjeeps nähert. Das muss Major Horst sein, der mit den Jungs zurückkommt. Kurz darauf biegt der Wagen auch schon um die Ecke, und die kluge Ziege bringt sich schnell in Sicherheit. Hinter dem Steuer sitzt Major Horst in seiner Einzelkämpfer-Uniform mit den vielen Orden. Wie immer benutzt er auch diesmal nicht die Bremsen. Major Horst stoppt den Wagen, indem er ihn gegen eine Wand fährt. Normalerweise klappt das ganz gut, aber weil die Wand diesmal nur eine Zeltwand ist, reißt er das Zelt einfach ein und die zwei, die dahinterstehen, gleich mit. Erst die Schlafsäcke, die sich um den Reifen wickeln, bringen den Wagen zum Stehen. Major Horst scheint das nicht weiter zu stören.

Justins Vater springt aus dem Wagen und marschiert auf mich zu.
»Schicker Fummel, den du da anhast! Trägt die Jugend jetzt so was?« Major Horst zeigt auf meinen Morgenmantel.
»Der ist nur geliehen, so lange, bis mein Koffer hier ankommt«, erwidere ich. »Der muss erst noch aus Tunesien zurückkommen.«
»Tunesien!«, wiederholt Major Horst und blickt versonnen in die Ferne. »Kolossale Landschaft für Panzer! Keine Bäume, keine Sträucher, nur Sand, nichts als Sand. Ich liebe die Wüste!«
»Eigentlich wollten wir eher ans Meer«, wende ich ein.
»Das Meer! Kolossal! Nur Wasser, nichts als Wasser! Wie geschaffen für Flugzeugträger und U-Boote.«
Unsere kleine Unterhaltung vermittelt einen ganz guten Eindruck davon, wie Major Horst so tickt.
»Wo sind denn die anderen?«, frage ich, weil ich keine Lust

habe, die geografischen Regionen dieser Welt nach ihrem militärischen Nutzen durchzukauen. »Sind die im Freibad? Oder Eis essen?«

»Müssten längst da sein«, brummt Major Horst und schaut auf die riesige Fliegeruhr an seinem Handgelenk. »Haben einfach keinen Mumm in den Knochen.«

Noch ehe er zu Ende geredet hat, tauchen am Rande des Camps ein paar Gestalten auf. Die schauen alle ziemlich fix und fertig aus, als sie auf uns zuwanken. Die, die noch etwas Kraft haben, stützen die völlig Entkräfteten. Alex und Justin sind auch dabei. Die beiden haben brennende Fackeln in den Händen und sehen aus, als wenn sie das olympische Feuer ins Lager tragen würden.

Als die Truppe das Zeltlager erreicht, lassen sich alle einfach auf den nassen Rasen fallen. Das ist ganz schön unbequem, weil sie prall gefüllte Rucksäcke auf dem Rücken tragen, die sogar aus der Entfernung ziemlich schwer wirken.

»Ein bisschen Haltung, wenn ich bitten darf!«, brüllt Major Horst und beugt sich in den Jeep, um die Kilometeranzeige zu überprüfen. »Das waren doch nur läppische vierzig Kilometer. Das war noch nicht einmal ein Marathon!«

Leider gibt es weit und breit keine Bushaltestelle, und deswegen mussten die armen Kerle die vierzig Kilometer wohl zu Fuß laufen. Major Horst geht zu einem der Jungs und nimmt ihm den Rucksack ab. Als er ihn öffnet, sehe ich, dass darin lauter Konservendosen sind. Wenn mich nicht alles täuscht, ist in jeder Dose dasselbe drin: Mockturtlesuppe.

Früher wurde die aus Meeresschildkröten hergestellt. Heute rührt man da die Abfälle rein, die bei der Herstellung von Blutwurst übrig bleiben. Zumindest schmeckt sie so.

»In zehn Minuten gibt's Abendessen! Dann kriegt ihr was zu mampfen!«, schmettert Major Horst in die erschöpfte Runde und wirft die Dosen in die kalte Asche des Feuers. Dann zeigt er auf Alex und Justin, die mit ihren Fackeln ebenfalls völlig ausgepumpt auf dem nassen Boden liegen. »Los, anheizen! Sonst bleibt die Küche heute kälter als ein Maschinengewehr vorm ersten Schuss!«

Alex und Justin erheben sich mühsam und kriechen auf allen vieren zur Feuerstelle, wo sie ein bisschen Brennholz um die Konservendosen stapeln. Mit ihren Fackeln versuchen sie das Holz zu entzünden. Weil das Feuer aber nicht so richtig flackern will, greift Major Horst in eine seiner Taschen und wirft eine Handvoll Patronen ins Feuer.

»Mach dir mal nicht in die Hose! Das ist völlig harmlos, ist ja nur Übungsmunition«, erklärt er einem der Jungen, der ihm besorgt dabei zuschaut. »Die ist besser als jeder Grillanzünder.«

Als das Feuer kurz darauf ordentlich zu lodern beginnt, wenden sich Alex und Justin mir zu.
»Alter, schön, dass du da bist!«, begrüßt mich Alex. »Willkommen in der Hölle!«
»Echt, sogar in der Schule ist es besser als hier«, ergänzt Justin, und wenn er das sagt, muss das hier wirklich die Hölle sein.
Während ein paar von den Jungs damit beginnen, die zerstörten Zelte wiederaufzubauen und ihre Schlafsäcke unter dem Jeep hervorzuzerren, hat es sich Major Horst auf dem Fahrersitz bequem gemacht und sich eine dicke Zigarre angezündet.
»Schickes Teil, Alter«, sagt Alex und zeigt auf meinen rosa Morgenmantel.
»Sieht echt scharf aus, aber ...«, Justin schnüffelt an meinem Ärmel, »... ehrlich gesagt müffelt der ein bisschen. So eine Mischung aus Altenheim und Katzenklo.«
Es dauert eine Weile, bis ich ihnen erklärt habe, was geschehen ist. Dann dauert es noch einmal so lange, bis sie es verstanden haben.
Alex und Justin sind nicht gerade die Cleversten, aber dafür kann ich mich immer auf sie verlassen.
»Wieso haltet ihr eigentlich die ganze Zeit die Fackeln in der Hand?«, frage ich, weil Justin mir beim Gestikulieren schon ein paarmal beinahe meinen Morgenmantel in Brand gesetzt hätte. Nicht dass ich besonders an dem rosa Teil hängen würde, aber ich habe nun mal nichts anderes zum Anziehen.

»Echt, wir sind heute doch die Wächter des Feuers«, erklärt Justin stolz.
»Alter, wir sind hier im Camp dafür verantwortlich, dass es nie ausgeht«, ergänzt Alex. »Kein Feuer, kein Essen. Wir haben voll den wichtigen Job.«
»Und was ist mit Streichhölzern oder einem Feuerzeug?«, schlage ich vor.
»Hat mein Vater verboten«, flüstert Justin.
»Aber das wäre doch viel einfacher.«
»Deswegen hat er's ja verboten, Alter. Hier im Camp ist gar nichts einfach. Ganz im Gegensatz zu da drüben.« Alex blickt sehnsüchtig über den Fluss ans andere Ufer, als wenn sich dort das Paradies oder mindestens Disneyland befinden würde.
»Echt, die Mädels brauchen keinen Handschlag zu tun. Die machen den ganzen Tag nur Party.«

»Und was macht ihr hier so den ganzen Tag?«, frage ich. Statt mir zu antworten, holt Justin einen laminierten Zettel hervor, den er neben einer Erkennungsmarke an einer Kette um den Hals trägt. Auf dem Zettel ist der Tagesablauf im Camp Kinderglück notiert, zumindest, was die Jungsseite betrifft.

<u>*Tagesplan*</u>
5.00 Uhr
Wecken
5.15-6.00 Uhr
Frühsport mit Waldlauf, Liegestützen, Klimmzügen und Bäumefällen
6.00-7.00 Uhr
Frühstück für den, dem es gelingt, die Ziege zu melken
7.00-8.00 Uhr
Zeltinspektion
8.00-9.00 Uhr
Zähne putzen, Gesicht und Wäsche waschen im Fluss
9.00-10.00 Uhr
Bastelstunde: »Die perfekte Sprengfalle«
10.00-11.00 Uhr
Schützengräben buddeln im Wald
11.00-12.00 Uhr
Schützengräben wieder zuschütten
12.00-13.00 Uhr
Mittagessen: Mockturtlesuppe
13.00-14.00 Uhr
Mittagsschlaf
14.00-15.00 Uhr
Schminkstunde: »Die perfekte Gesichtstarnung«

15.00-19.00 Uhr
Gewaltmarsch mit Dosengepäck
19.00-20.00 Uhr
Abendessen: Mockturtlesuppe
20.00-20.45 Uhr
Volkslieder schmettern am Lagerfeuer
20.45-21.00 Uhr
Zapfenstreich
21.00-5.00 Uhr
Nachtruhe

Alex und Justin hatten recht: Die Hölle könnte nicht schlimmer sein, und zumindest hat sie den großen Vorteil, dass es da schön warm ist.
»Und das geht jeden Tag so?«, frage ich, nachdem ich einen Blick auf den Plan geworfen habe.
»Natürlich nicht, Alter. Was denkst du denn?«, antwortet Alex, und das beruhigt mich. So lange, bis er weiterspricht. »Morgen bauen wir in der Bastelstunde ein Tarnnetz. Die Sprengfallen sind nämlich alle schon fertig.«
»Leider funktionieren die nicht richtig, weil wir statt TNT nur Juckpulver benutzen durften. Das war echt schade.«
»Aber weißt du, was das Beste ist, Alter?«, fragt Alex.
Ich schüttele unsicher den Kopf. In den meisten Fällen ist das, was Alex und Justin für das Beste halten, für alle anderen Menschen genau das Gegenteil.
»Das Beste ist, dass du echt bei uns im Zelt schläfst«, be-

antwortet Justin Alex' Frage, und das bestätigt meine Theorie.
»Die Zelte sind doch viel zu eng für drei Leute«, versuche ich die Katastrophe abzuwenden.

»Eng ist doch gemütlich, Alter.«
»Und außerdem auch echt viel wärmer.«
»Aber ...« Weiter komme ich nicht, weil genau in dem Augenblick die Übungsmunition im Feuer explodiert. Alle Jungs schmeißen sich instinktiv auf den Boden, und ich mache es ihnen nach. Die Einzigen, die sich davon nicht beeindrucken

lassen, sind Major Horst und die Ziege. Justins Vater pafft unbeeindruckt weiter an seiner Zigarre, während ihm die verbeulten Teile des Topfes um die Ohren fliegen, und die Ziege macht sich sofort über die braune Suppe her, die sich flächendeckend über das ganze Lager verteilt hat. Sicherheitshalber bleibe ich nach dem letzten Knall noch ein paar Minuten liegen. Erst dann traue ich mich endlich, aufzustehen.

Ich glaube schon. Auch die anderen erheben sich langsam und betrachten staunend die Verwüstung, die die Mockturtlesuppen-Explosion angerichtet hat. Major Horst inspiziert die Verluste. Drei Zelte hat es komplett zerhauen, und ein Junge blutet an der Stirn. Es ist dann aber doch kein Blut, sondern nur Suppe, wie Justins Vater feststellt, als er seinen Finger in die rote Flüssigkeit taucht und ableckt.
»Und was lernen wir daraus? In höchster Not kann man sich auch mit Suppendosen verteidigen.« Major Horst kramt ein paar neue Dosen und sein Taschenmesser hervor. Das ist nicht so ein kleines, wie es mir der Gorilla am Flughafen abgenommen hat, sondern so ein richtig großes. Eigentlich

ist es schon eher ein Schwert. Mit der Klinge sticht er oben in den Deckel, ehe er die neuen Dosen in das Feuer stellt. Zehn Minuten später ist das Essen fertig. Justin verteilt zerbeulte Blechnäpfe, und Alex versucht, die Dosen aus dem Feuer zu holen, ohne sich dabei die Finger zu verbrennen. Anschließend verteilt Major Horst die Suppe, und wahrscheinlich liegt es daran, dass ich den ganzen Tag noch nichts gegessen habe, denn es schmeckt gar nicht so übel, wie ich erwartet hatte.

»Wer meldet sich freiwillig zum Spüldienst?«, fragt Major Horst, als alle fertig gegessen haben.

Die Jungs gucken auf den Boden oder tun so, als ob sie gerade einen ganz seltenen Vogel zwischen den Sträuchern entdeckt haben. Das kann ich verstehen. Ich spüle zu Hause auch nicht gern.

Hier gibt es weder ein Cabrio noch eine Waschanlage. Also wird man die Näpfe wahrscheinlich im Fluss waschen müssen, nehme ich an.
Major Horst zeigt auf einen schmächtigen Jungen und brüllt: »Du da! Du bist heute der Freiwillige!«
Der Kleine zuckt zusammen und wird ganz blass. Dann steht er langsam auf und sammelt die Blechnäpfe ein. Er stapelt sie am Rand der Feuerstelle und beginnt damit - ich schwöre -, sie einen nach dem anderen auszulecken.
»Was macht der da?«, frage ich völlig entgeistert.
»Siehst du doch, Alter!«, antwortet Alex. »Er macht das dreckige Geschirr sauber.«
»Das ist echt viel umweltfreundlicher, als den ganzen Dreck in den Fluss zu spülen«, ergänzt Justin. »Das war Papas Idee!«
Mir wird schlecht. Mir wird unglaublich schlecht, weil mir plötzlich klar wird, dass mein Napf vor dem Essen auf die gleiche Weise gereinigt worden ist.
Vom Rest des Abends kriege ich nicht mehr so wahnsinnig viel mit. Irgendwann sitzen wir alle um das Feuer herum und singen Volkslieder.

Dass COOLMAN alle Lieder bis zur letzten Strophe laut mitgrölt, macht es nicht besser. Später krieche ich mit Alex und Justin in ihr Zelt, das die Dosen-Explosion zum Glück unbeschadet überstanden hat. Weil ich keinen Schlafsack habe, kuschele ich mich in den rosa Morgenmantel, der in der Zwischenzeit wieder getrocknet ist. Nach dem aufregenden Tag bin ich so müde, dass ich trotz des lauten Schnarchens meiner Zeltgenossen und des strengen Geruchs unter der Zeltplane sofort wegdämmere. Als Major Horst etwas später auf einer Trompete den Zapfenstreich bläst, wache ich wieder auf.

Bevor ich erneut einschlafe, treffe ich noch schnell drei wichtige Entscheidungen:

1) Gleich morgen früh werde ich bei der alten Dame nachfragen, ob mein Koffer schon angekommen ist.

2) Ich werde hier nie, nie wieder etwas aus Blechnäpfen essen.

3) Ich werde mich um ein eigenes Zelt bemühen.

In Gedanken streiche ich Punkt zwei und drei auf meiner Liste und ersetze sie durch:

2) und 3) Ich werde alles, wirklich alles tun, um in Lichtgeschwindigkeit aus dem Camp »Kinderglück« zu verschwinden.

4. Kapitel

Ein Schloss aus Muscheln

Am nächsten Morgen wache ich davon auf, dass etwas über mein Gesicht krabbelt. Es hat acht Beine, und wenn mich nicht alles täuscht, sind alle acht behaart. Ich kneife die Augen zusammen, weil ich das - was immer es auch sein mag - nicht auch noch sehen will. Es ist inzwischen an meiner Nase angekommen und scheint dort für einen Moment zu verschnaufen. Das kitzelt, und wenn ich mich nicht sehr beherrsche, muss ich gleich niesen.

Danke, aber ich habe keinen Hunger. Auf Spinne zum Frühstück schon gar nicht. Vorsichtig öffne ich schließlich doch noch mein linkes Auge und mache es gleich wieder zu.

Auf meiner Nase hockt ein Viech, das aus der Nähe wie eine riesige mutierte Tarantel aussieht. Aber das ist sicher nur eine optische Täuschung, weil sie so nah vor meinen Pupillen hockt.
Hoffe ich zumindest.
Nach einer kurzen Pause, in der ich mich von meinem ersten Schreck erhole, wage ich einen zweiten Blick, aber der ist auch nicht viel besser. Die Tarantelmutation sitzt immer noch am selben Ort, und wenn ich Zelten nicht schon vorher gehasst hätte, würde ich spätestens jetzt damit anfangen. In einem Hotelzimmer wäre mir so etwas nie passiert.
»Alex! Justin!«, flüstere ich, um die Riesenspinne nicht unnötig zu erschrecken.
Keine Antwort.
»Alex!! Justin!!«, wiederhole ich etwas lauter. Wie ich befürchtet hatte, gefällt das der Spinne nicht. Sie krabbelt weiter und lässt sich genau auf dem schmalen Stück zwischen meinem Mund und meinen Nasenlöchern nieder. Das Kribbeln in meiner Nase wird stärker, aber zumindest kann ich jetzt meine Lider öffnen, ohne ihr direkt in die Augen starren zu müssen.
Das Zelt ist leer. Alex und Justin sind schon aufgestanden, und das bedeutet, dass ich Major Horsts Morgenappell verschlafen habe. Egal, ich habe andere Probleme.
Ich atme nur ganz leicht durch die Nase, weil ich Angst habe, das haarige Ding beim Luftholen anzusaugen.
»Hier steckst du also! Los, los! Raus aus den Federn!«
Major Horst hat seinen Kopf in das Zelt gesteckt und brüllt

so laut, dass die Spinne von dem Luftdruck seiner Stimme gegen meine Naseninnenwände gepresst wird.
Ich kann mich nicht mehr beherrschen. Ich muss fürchterlich niesen und katapultiere die Spinne dabei in hohem Bogen durch die Luft. Mit einem leisen Plopp landet sie auf der Uniformjacke von Major Horst.
»Ohhh!«, macht Justins Vater und sieht freudig überrascht auf seine Jacke. Im nächsten Augenblick hat er sich die Spinne auch schon gegriffen und in den Mund gestopft.
»Diese Viecher sind die reinsten Eiweißbomben! Das lernt man beim Überlebenstraining«, erklärt er schmatzend. »Und jetzt auf mit dir! Die anderen sind längst beim Frühsport!«

Ich krieche aus dem Zelt und schlurfe zum Ufer, um mich zu waschen, während Major Horst mit dem Jeep im Wald verschwindet, um das morgendliche Training zu beaufsichtigen. Dass er mich allein im Zeltlager zurücklässt, ist wahrscheinlich so eine Art Newcomer-Bonus. Auf der anderen Seite des Flusses ist es ganz still. Die Mädchen schlafen alle noch, und das wundert mich gar nicht. Anti steht in den Ferien selten vor dem Abendessen auf.

Aus dem Wald höre ich das Schlagen von Äxten und hin und wieder einen Baum, der krachend umstürzt. Keine Ahnung, was Major Horst mit dem ganzen Holz will. Wahrscheinlich Palisaden bauen.
Ich stecke prüfend meinen großen Zeh in das Wasser und ziehe ihn sofort wieder raus. Das Flusswasser ist eiskalt, und unter diesen Umständen verzichte ich darauf, mich zu waschen. Das hole ich später nach, wenn die Sonne das Wasser etwas aufgewärmt hat. Ich will mich gerade umdrehen, als aus einem der Zelte am anderen Ufer ein Mädchen mit einem Handtuch in der Hand heraustritt und auf den Fluss zuläuft. Sie trägt einen roten Jogginganzug, hat ihre blonden Haare zu einem Pferdeschwanz zusammengebunden und sieht wunderschön aus.
Lena!

Da hat COOLMAN vielleicht sogar recht! Wenn ich mich hier am Fluss wasche, könnte ich so tun, als wenn ich sie noch gar nicht bemerkt hätte. Das ist gut, denn dann muss sie mich als Erste ansprechen. Das ist viel besser, als wenn ich das erste Wort sagen müsste und wahrscheinlich wieder nur irgendwelchen Blödsinn reden würde.
Ich warte noch einen Moment, bis ich ganz sicher bin, dass Lena mich auch sieht, lasse mich dann auf die Knie fallen und tauche mutig meinen Kopf in die eisigen Fluten. Sofort bekomme ich stechende Kopfschmerzen. Meine Haut fühlt sich an, als würde ich von tausend spitzen Nadeln gepikst. Vielleicht lebt ein Schwarm Seeigel in dem Fluss, aber ich befürchte, es ist doch nur die Kälte, die meinen Kopf innerhalb von wenigen Zehntelsekunden schockgefriert. Ich bin wie gelähmt und kippe nach vornüber, ohne etwas dagegen tun zu können. Dann ist alles schwarz.

Das stimmt nicht ganz. Schwarz ist es nur am Anfang, dann taucht plötzlich MISTER HOT vor mir auf, der fieseste Bösewicht des gesamten Universums. Dem begegne ich öfter, wenn ich schlafe oder für einen kurzen Augenblick weggetreten bin. So wie jetzt. In diesen Träumen bin ich dann immer SUPERFROSCH, die Amphibie für die unlösbaren Aufgaben. Diesmal ist MISTER HOT aber gar nicht böse, ganz im Gegenteil. Er schwimmt um mich herum und lockt mich mit einem freundlichen Lächeln hinunter auf den Grund des Flusses. Ich folge ihm. Warum auch nicht? Ich bin

SUPERFROSCH, und Wasser ist mein Element. Es ist auch überhaupt nicht mehr eiskalt, sondern richtig schön wohlig warm. MISTER HOT, der vor mir herschwimmt, zeigt mit dem Finger auf einen glitzernden Palast aus Muscheln, der hinter einem Algenwald liegt. Im Garten des Palastes tanzen Nixen und Wassermänner. Es ist so wunderschön, dass ich unbedingt da hinwill. Es ist überhaupt das Allerallerschönste, was ich jemals gesehen habe. Als ich immer tiefer tauche, fällt mir auf, dass eine der Nixen Ähnlichkeit mit Lena hat, wenn man mal von ihrem schuppigen Fischschwanz absieht. Sie winkt mich zu sich, und es gibt nichts, was ich lieber tun würde, als ihrer Einladung zu folgen. Mit ein paar kräftigen Schwimmstößen meiner Froschbeine tauche ich tiefer zu ihr hinunter. Es fehlen nur noch wenige Meter, dann habe ich sie erreicht ...
Mit einem Mal packt mich jemand von hinten und hält mich fest. Ich gehe jede Wette ein, das ist MISTER HOT, der jetzt sein wahres Gesicht zeigt und mir mein Glück nicht gönnt. Oder es ist COOLMAN, der wieder einmal eifersüchtig ist. Vielleicht haben sich die beiden auch zusammengetan, keine Ahnung. Ich strampele, trete um mich, haue, beiße, kratze, aber es hilft nichts. Irgendetwas zieht mich nach oben, raus aus dem Wasser und rauf auf die Uferböschung.
Dann ist wieder alles schwarz.

Zwei strahlend blaue Augen sind das Erste, was ich sehe, als ich wieder zu mir komme, und das ist zumindest besser als die Spinne heute Morgen oder das scheußliche Antlitz von MISTER HOT. Die beiden Augen sind ganz dicht vor meinem Gesicht, darunter befindet sich eine hübsche Stupsnase und etwas tiefer zwei gespitzte Lippen. Als die blauen Augen meine geöffneten Pupillen sehen, ziehen sie sich wieder zurück und mit ihnen die hübsche Stupsnase und leider auch die gespitzten Lippen.

»Ich hatte schon befürchtet, ich müsste Mund-zu-Mund-Beatmung machen, damit du wieder zu dir kommst«, sagt Lena.

Verdammt! Ich bin zu früh aufgewacht.

Ich liege auf dem Rücken. Lena kniet neben mir im Gras und ist genauso nass wie ich.

»Hast du mich gerettet?«, frage ich dämlich, weil die Situation ja eigentlich ziemlich eindeutig ist.

»Eigentlich wollte ich dich ertrinken lassen, aber es tat mir um den schicken Bademantel leid«, antwortet Lena und grinst.

Ich bin mir nicht sicher, ob sie das ernst meint. Bei ihr weiß man das nie so genau.

»Der gehört mir gar nicht«, antworte ich.

»Echt nicht?« Lena schaut mich mit gespielter Überraschung an. »Ich dachte, das wäre eure Uniform drüben auf der Jungsseite.«

»Sehr witzig!«, erwidere ich und richte mich langsam auf. »Was machst du überhaupt hier? Ich dachte, du bist mit deinen Eltern in New York, Peking, Rio oder London?«

»Schön wär's.« Lena seufzt. »Mein Vater fand es für die Presse besser, wenn ich wie andere Kinder ins Ferienlager gehe und er mit meiner Mutter und meinem kleinen Bruder in die Lüneburger Heide fährt. Sind doch bald wieder Wahlen.«
Lenas Vater gewinnt in Keinklagenstadt jede Wahl, obwohl ihn niemand leiden kann, und das liegt nur daran, dass es keine Gegenkandidaten gibt. Das Verwunderlichste aber ist, dass so ein Ekel von Bürgermeister so eine bezaubernde Tochter hat.
»Hey, hör auf, mich so anzustarren!«, fährt Lena mich an, als ob sie Gedanken lesen könnte.
»Ich habe dich nicht angestarrt«, verteidige ich mich halbherzig.
»Hast du wohl!«
»Nein, ich hab ... ich hab ...« Verdammt, mir fällt nichts ein, und dass ich sie tatsächlich die ganze Zeit angestarrt habe, kann ich ja wohl kaum zugeben.
»Na, sag schon, was hast du?«, erkundigt sich Lena.

Es gibt Augenblicke im Leben, da greift man nach jedem Strohhalm. Auch wenn der schon lichterloh brennt - so wie COOLMANs Tipp.
»Ich wollte nur sehen, ob du Flügel hast. So wie ein richtiger Engel«, stottere ich, und das liegt nicht nur daran, dass mir in dem nassen Morgenmantel eiskalt ist.
Lena sieht mich an, als wäre ich der letzte Idiot.
»Du bist der letzte Idiot, Kai! Das ist nun wirklich die blödeste Anmache, die man sich vorstellen kann«, sagt Lena und springt auf.
»Hey, das sollte ein Witz sein, weil du mich doch gerettet hast«, versuche ich mich rauszureden.
»Sehr komisch! Ich lach mich gleich tot«, faucht Lena eingeschnappt. »Und jetzt verschwinde lieber. Diese Seite des Flusses ist jungsfreie Zone. Wenn Anti dich hier erwischt, wünschst du dir, du wärst ertrunken.«
Und das zeigt ja wohl deutlich, dass sie mich doch nicht so übel findet. Sonst würde sie sich ja wohl kaum Sorgen um mich machen, oder?
»Aber wie soll ich denn zurück auf die andere Seite kommen?«, frage ich und zeige auf das dicke Vorhängeschloss auf der Holzbrücke, die die beiden Flussufer verbindet.
»Schwimmen«, antwortet Lena. Dann dreht sie sich um und geht in ihren nassen Sachen zurück zu den Zelten der Mädchen. Mittlerweile ist es schon so spät geworden, dass von dort bereits die ersten Lebenszeichen zu hören sind.
Es wird höchste Zeit, hier zu verduften.

Das zweite Mal in den Fluss zu steigen, ist gar nicht mehr so schlimm, weil mir ja sowieso schon eiskalt ist. Ich wate ins Wasser, bis ich nicht mehr stehen kann, dann fange ich an zu schwimmen.

Zum Glück ist das Wasser im Fluss wenigstens sauber. Man kann bis zum Grund sehen, aber sosehr ich auch Ausschau halte - einen Palast aus Muscheln kann ich nirgendwo entdecken. Auch von den Nixen, den Wassermännern und MISTER HOT ist nichts zu sehen. Unter mir tummeln sich nur ein paar Fische, die mich gelangweilt aus ihren Fischaugen anglotzen. Wahrscheinlich habe ich das mit dem Palast doch nur geträumt, als ich durch den Kälteschock mein Bewusstsein verloren habe. Ich bin schon mal ohnmächtig geworden, weil ich von einem hohen Baum gestürzt bin. Der Ast, auf dem ich saß, hatte das Gewicht des Kängurus neben mir nicht ausgehalten. Zugegeben, das klingt fast so schräg wie die Sache mit dem Muschelpalast, ist aber wirklich wahr. Ehrenwort! Als ich damals das Bewusstsein verloren habe, war COOLMAN danach für ein paar Tage verschwunden. So viel Glück hat man nicht zweimal im Leben.

Als ich auf der anderen Seite an Land klettere, ist aus dem Wald immer noch das Schlagen der Äxte zu hören, und wenn die Jungs so weitermachen, kann Major Horst mit den gefällten Bäumen nicht nur ein paar Palisaden bauen, sondern gleich das ganze Camp zu einem Römerlager umbauen.

Wenn man vom Teufel spricht ... Major Horst kommt mit dem Jeep aus dem Wald gebrettert und bremst direkt neben mir, indem er den Wagen diesmal einfach in den Fluss fährt, bis die Reifen im Kies stecken bleiben. Dann klettert er über die Ladefläche und springt mit einem weiten Satz an Land.

»Höchst korrekt, am frühen Morgen ein paar Kilometer im Fluss zu schwimmen!«, brüllt Major Horst und klopft mir so fest auf den Rücken, dass die Tropfen von meinem nassen Morgenmantel nach allen Seiten spritzen. »Habe ich früher auch gemacht. Wir sind sogar im Winter schwimmen gegangen. Handgranate drauf, Loch im Eis, eintauchen, fertig. Das waren noch Zeiten.«

Major Horst wischt sich vor Rührung eine Träne aus dem Augenwinkel, aber so, dass ich es nicht sehen soll. Ich sehe es trotzdem.

»Schade nur, dass das Wasser hier wärmer ist als ein tunesischer Hotelpool«, fährt er fort, als er sich wieder im Griff hat.

Ich widerspreche nicht, sondern nicke nur. Zu etwas anderem bin ich gar nicht fähig, weil ich am ganzen Körper vor

Kälte schlottere. Das bemerkt sogar Major Horst, und das weckt seine fürsorgliche Seite.
»Wenn ich jetzt noch meinen Düsenjäger hätte, würde ich dich einfach hinter die Turbine stellen. Dann wärst du ratzfatz trocken. Aber weil wir hier ja leider keine Luftunterstützung haben, kannst du mir beim Auspacken helfen. Ein bisschen Arbeit wird dich aufwärmen!« Justins Vater zeigt auf den Laderaum seines Jeeps. Dort stapeln sich grob gezimmerte Kisten, auf denen ein Totenkopf eingebrannt ist. Major Horst schnappt sich vier davon. Ich habe große Schwierigkeiten, eine hochzuheben.
»Kleine Überraschung für die Jungs«, erklärt Major Horst, als wir alle Kisten am Ufer abgeladen haben. Er setzt sein Messer an und hebelt einen der Deckel auf. In den Kisten sind Gewehre. Allerdings keine echten, das erkenne sogar ich. Die Dinger sehen eher aus wie Hightech-Wasserspritzen.
»Was sollen wir damit?«, frage ich, weil ich wirklich keine Ahnung habe, was wir damit sollen.
»Wir spielen eine Runde Paintball«, erklärt Major Horst und schnappt sich eine der Waffen. »Dazu bilden wir zwei gleich starke Mannschaften, damit es auch fair zugeht. Ihr alle gegen mich.«
In Deutschland darf man Paintball im Freien erst ab achtzehn spielen, aber ich glaube nicht, dass sich Major Horst sonderlich für Gesetze interessiert. Er zielt mit dem Gewehr in die Luft, drückt ab und erwischt eine Ente, die gerade

nichts Böses ahnend vorbeiflattert, mit einer der roten Farbpatronen. Das arme Tier stürzt in den Fluss und versinkt. Als die Ente auftaucht, ist sie wieder sauber und rettet sich schnell zwischen das hohe Schilf am Ufer.

5. Kapitel
Bis zur letzten Farbpatrone

Als die Jungs vom Frühsport wieder zurückkehren, hat es sich bereits herumgesprochen, dass die Bastelstunde heute ausfällt. Alle sind ganz aufgeregt, und Alex und Justin kommen direkt auf mich zugelaufen.

»Alter, hast du schon gehört? Wir spielen Paintball!«, begrüßt mich Alex.

»Echt, das wird toll! Weißt du schon, in welcher Mannschaft du bist?«, fragt Justin.

»Wir sind alle in einer Mannschaft«, lasse ich sie an meinem Wissen teilhaben.

»Echt? Und auf wen schießen wir dann?«

»Rehe, Wildschweine, Hirsche, Eichhörnchen? Sag schon, Alter!«

»Wir spielen alle zusammen gegen Major Horst«, verrate ich.

Alex und Justin sehen mich an, als hätte ich ihnen gerade verkündet, dass sie sich freiwillig zu einem Himmelfahrtskommando gemeldet haben.

»Okay, das war's dann, Alter«, erklärt Alex in einem Tonfall, als hätte er mit seinem Leben abgeschlossen.

»War echt nett, dich gekannt zu haben«, ergänzt Justin und legt mir kameradschaftlich die Hand auf die Schulter.

»Jetzt macht euch mal nicht gleich in die Hose. Da wird doch nur mit Farbbeuteln geschossen«, versuche ich Alex, Justin und COOLMAN zu beruhigen. »Alles ganz harmlos.«

»Hoffentlich, Alter, hoffentlich«, seufzt Alex.

»Alle antreten!«, brüllt Major Horst dazwischen, und sofort stellen sich alle Jungen in einer Reihe auf.

Dann erklärt Major Horst die Regeln, aber das dauert nicht lange, weil es eigentlich nur eine einzige Regel gibt: Wer von einer Farbkugel getroffen wird, ist draußen und muss das Ende des Spiels im Lazarettzelt abwarten.

Ansonsten ist alles erlaubt.

»Und denkt dran: Ihr habt keine Chance, also nutzt sie! In einer halben Stunde geht's los! Abtreten!«, brüllt Major Horst.

Von der anfänglichen Begeisterung ist wenig geblieben. Die Jungs schleichen bedrückt in ihre Zelte, und ich kann mir gut vorstellen, dass die Stimmung vor großen Schlachten auch nicht viel anders war. Aus einigen der Zelte erklingen traurige Lieder, aus anderen das Kratzen von Füllerfedern auf Papier. Wahrscheinlich werden da gerade Testamente geschrieben.

Da fällt mir ein, dass ich mein Skateboard schon lange nicht mehr gesehen habe. Heute Morgen im Zelt war es nicht, und davor stand es auch nicht.

»Habt ihr irgendwo mein Skateboard gesehen?«, frage ich Alex und Justin.

»Klar, Alter! Das ist doch Teil unseres Experiments«, erklärt Alex.

»Was denn für ein Experiment?«

»Raketentechnik! Aber PSSST! Ist echt streng geheim«, erwidert Justin. Dann guckt er Alex an, und der guckt zurück, und das geht eine Weile so hin und her, bis sie sich entschieden haben, dass sie mich einweihen können.

»Komm mit, Alter! Wir müssen Laika füttern«, sagt Alex und geht voraus. Ich folge ihm, und mir folgt Justin, der sich misstrauisch umschaut, ob uns auch niemand hinterherschleicht.

Als wir an dem Stapel mit den Mockturtlesuppen vorbeikommen, schnappt sich Alex eine Dose und flüstert mir zu: »Das ist der Antrieb, der sorgt für den nötigen Schub.«
Ich habe keine Ahnung, wovon er redet, befürchte aber, ich werde es bald erfahren.
Die Ziege meckert fröhlich, als sie Alex und Justin mit der Dose in der Hand entdeckt.
»Hallo, Laika!«, begrüßt Alex die Ziege und tätschelt ihr liebevoll den Kopf.
»Wieso habt ihr sie Laika genannt?«, frage ich, weil mir das eben schon komisch vorkam, als Alex den Namen das erste Mal erwähnt hat.
»So hieß doch der Hund, den die Russen mit einer Rakete ins All geschossen haben. Das ist echt ein großes Vorbild für uns«, erklärt Justin, während er mit einem Öffner die Dose aufmacht.
Ich muss mir die Nase zuhalten. Das liegt nicht nur an der Suppe, sondern vor allem daran, dass Laika entsetzlich stinkt. Wahrscheinlich bekommt ihr die Mockturtlesuppe nicht. Sie selbst scheint das nicht weiter zu stören. Heißhungrig macht sie sich über die braune Pampe her, die Justin vor ihr ins Gras schüttet. Neben ihrem genüsslichen Schmatzen ist nur das Knattern ihrer Ziegenfürze zu hören.
Im Gegensatz zu mir finden Alex und Justin das gut. Jeden Pups kommentieren sie mit einem lauten »Hurra!« und »Weiter so!«, und mich beschleicht der üble Verdacht, dass das irgendetwas mit ihrem geheimen Plan zu tun hat.

»Ich glaube, es ist so weit, Alter«, erklärt Alex.
»Echt wahr! Jetzt geht's endlich los!«, bemerkt Justin und holt unter einem Busch mein Skateboard hervor.
»Hey, das ist meins!«, rufe ich überrascht.
»Alter, wir haben uns das nur ausgeliehen.«
»Für die Wissenschaft, echt!«

Natürlich erinnere ich mich. Das war damals in England, und eigentlich hatte ich gedacht, dass die beiden ihre fragwürdigen Experimente mit Tieren in der Zwischenzeit eingestellt haben. Falsch gedacht.
Alex und Justin führen die Ziege ans Ufer, wo sie eine Art Abschussrampe gebaut haben, die im Fünfundvierzig-Grad-Winkel in Richtung Fluss weist. Alex stellt mein Skateboard

direkt vor der Rampe auf dem Boden ab. Justin hält Laika so, dass sie genau über dem Brett schwebt. Mit gerunzelter Stirn befühlt er ihren Bauch.

»Wir müssen echt noch 'nen Moment warten, bis sie genug Druck aufgebaut hat«, verkündet er mit wichtiger Miene.

»Pass gut auf, das ist voll das Phänomen, was gleich passiert.«

Beide können die Spannung kaum noch aushalten, und auch ich bin neugierig, was sie vorhaben.

»Was soll das werden? Sagt schon!«

Genau in dem Augenblick schreit Justin »Jetzt!« und setzt Laika auf dem Skateboard ab. Durch den Rückstoß einer gewaltigen Blähung, die sich urplötzlich entlädt, schießt Laika auf ihrem Brett explosionsartig die Rampe hoch.

Leider reicht der Antrieb nicht für die ganze Strecke. Etwa in der Mitte des Flusses stürzt Laika mitsamt meinem Skateboard ins Wasser. Beide versinken in den Fluten. Aber nur kurz. Erst taucht das Brett wieder auf, dann Laika, die sofort zu strampeln anfängt, um sich ans Ufer zu retten. Die Ziege

ist clever genug, auf der Mädchenseite an Land zu klettern, während die Strömung mein Skateboard davontreibt, ohne dass ich etwas dagegen tun kann.
»Laika! Bei Fuß! Echt jetzt!«, brüllt Justin über den Fluss.
»Komm sofort zu Herrchen!«, schreit Alex, dann wendet er sich an mich. »Alter, haut die einfach ab. Mit wem sollen wir denn jetzt unsere Experimente fortsetzen?«
Die Art, wie er mich ansieht, gefällt mir nicht, und deswegen erwidere ich schnell: »Mit mir jedenfalls nicht«, um gar nicht erst irgendwelche falschen Erwartungen aufkommen zu lassen. »Und überhaupt! Was sollte das Ganze?«
Alex und Justin erklären mir, dass sie schon seit Tagen nach Wegen suchen, um auf die andere Seite zu gelangen - dahin, wo das Gras grüner und das Leben leichter ist. Sie haben es schon mit einer alten Badewanne als Bootsersatz versucht, aber den Stöpsel vergessen. Die Idee mit dem Raketen-Pupsantrieb wollten sie deswegen sicherheitshalber erst mal im Tierversuch testen, und ehrlich gesagt hätte ich ihnen so viel Umsicht gar nicht zugetraut.
»Ich hätte ja eher gedacht, ihr stellt euch ans Ufer und klemmt euch zwei Feuerwerksraketen unter die Achseln«, sage ich und lache laut über meinen blöden Witz.
»Das ist unser Plan B, Alter«, erwidert Alex todernst.
»Echt, wir müssen nur noch irgendwo Raketen auftreiben«, ergänzt Justin. »Am besten ist, ich frag meinen Vater. Der hat bestimmt noch irgendwo welche rumliegen.«
Das befürchte ich auch, aber bevor ich die beiden vor

leichtsinnigen Experimenten mit lebensgefährlichen Explosionskörpern warnen kann, brüllt Major Horst schon wieder: »Antreten!«, weil jetzt das Paintball-Match beginnt.

Ich muss zweimal hinschauen, ehe ich Justins Vater entdecke. Er steht vor einem Haselnussstrauch, und weil er seine Tarnuniform angezogen und sich das Gesicht mit dunkelgrüner Farbe angemalt hat, ist er vor dem Strauch so gut wie unsichtbar.
Ich bin erledigt, bevor es überhaupt angefangen hat. Genauso gut könnte ich mich gleich hier ergeben, weil ich im Gegensatz zu Justins Vater mit meinem rosafarbenen Morgenmantel im Wald so auffällig bin wie ein Flamingo in einem Krähenschwarm.
»Wenn ich ›LOS!‹ rufe, geht's los, und ihr schnappt euch jeder eine Waffe.« Major Horst zeigt auf die Paintball-Gewehre, die in einer sauberen Linie neben ihm liegen.
Ich halte das für einen Trick.

Als Major Horst »LOS!« brüllt, bleibe ich, wo ich bin, und beobachte, was passiert. Weil er direkt neben den Ge-

wehren steht, hat Major Horst bereits eines in der Hand, bevor die ersten meiner Kameraden das Waffenlager erreicht haben. Mit drei gezielten Schüssen erledigt Justins Vater die drei Schnellsten. Das geht alles so flott, dass die Getroffenen gar nicht kapieren, warum sie plötzlich einen roten Farbfleck auf der Brust haben.
Nach drei Schuss muss man die Dinger nachladen, und deswegen hechtet Major Horst anschließend mit einem Salto rückwärts in den Haselnussstrauch. Als die anderen Jungs bei den Gewehren ankommen, ist er längst im Wald zwischen den Bäumen verschwunden.
Mit Gebrüll jagen sie ihm hinterher.
Arme Irre!
Ich warte lieber ab, bis sich das Geschrei in die Tiefen des Waldes verzogen hat. Dann schnappe ich mir das letzte Gewehr, das noch übrig geblieben ist, und mache mich auf den Weg.

Das ist mir egal. Ich habe keine Lust, mit einem Spielzeuggewehr durch den Wald zu rennen und »Peng, peng, peng!« zu rufen. Ich bin ja keine fünf mehr. Ich werde mich jetzt irgendwo verkriechen und hoffen, dass der Spuk bald zu Ende ist. Ich will nämlich nicht riskieren, auch so einen roten Fleck abzukriegen. Der rosa Morgenmantel ist ja nur geliehen, den möchte ich gern sauber wieder zurückgeben.
Das mit dem Verkriechen ist allerdings gar nicht so einfach. Der Wald hat sich durch den Frühsport meiner Mitcamper arg gelichtet. Platsch!
Neben mir detoniert eine rote Farbpatrone an der Rinde einer Buche. Ich schätze, das war ein Querschläger, weil

ich nicht glaube, dass Major Horst danebenschießt, wenn er jemanden ins Visier genommen hat. Der trifft immer. Das beweisen die Rufe, die aus dem Wald schallen.
»Alter, er hat mich erwischt!« Das war Alex.
»Mich auch, echt, verdammt!« Das war Justin.
Während ich in meinem rosa Morgenmantel von Baum zu Baum hechte, um dahinter in Deckung zu gehen, kommen mir immer mehr Jungs entgegen, die alle einen roten Fleck auf ihren Klamotten haben. Genau dort, wo ihr Herz ist. Unter ihnen sind auch Alex und Justin.
»Alter, pass auf! Der ist einfach überall! Mal steht er vor dir, dann hinter dir. Mal ist er über dir, dann wieder unter dir. Wir hatten keine Chance!«, ruft Alex mir zu, als er mit dem Treck der Geschlagenen an mir vorbei zurück ins Camp schlurft. Einige von den Jungs jucken sich die ganze Zeit. Das sind die, die in ihre selbst gebastelten Sprengfallen getappt sind.
»Von uns sind echt nur noch zehn übrig. Alle anderen hat er schon erledigt«, ergänzt Justin, und das klingt, als wäre er sogar fast ein bisschen stolz auf seinen Vater.
Ich hatte das Spiel von Anfang an für keine faire Sache gehalten, und es wird höchste Zeit, dass ich irgendwo einen sicheren Unterschlupf finde.
»Da waren es nur noch neun!«, brüllt Major Horst, und das kann nur bedeuten, dass er schon wieder einen von uns erwischt hat.

»Neun kleine Windelpupser,
die zogen in die Schlacht.
Den einen traf ein Farbgeschoss,
da waren es nur noch acht.«

Und das war dann wohl auch schon der Nächste.
Während das Gemetzel weitergeht, habe ich mittlerweile unbemerkt den Waldrand erreicht. Das Gelände wird dort felsig, und ich muss ein bisschen klettern.

»Acht kleine Windelpupser,
die wollten mich durchsieben.
Doch ich war schneller als die Jungs,
da waren es nur noch sieben.«

Zwischen den Felsen vor mir taucht plötzlich der Eingang zu einer Höhle auf. Er liegt etwas versteckt, und wäre ich nicht zufällig über eine Wurzel gestolpert und hätte beim Fallen einen Brombeerbusch zur Seite gedrückt, hätte ich ihn überhaupt nicht gesehen.
Es ist das perfekte Versteck!

Wenn ich die Wahl habe zwischen einem arglistigen Zwerg und Major Horst, wähle ich den Zwerg. Da brauche ich gar nicht lange nachzudenken. Auch weil genau in diesem Augenblick die Stimme von Major Horst ertönt. In seinem Lied ist er bereits bei vier angekommen, und das bedeutet wohl, dass ich ein paar Strophen verpasst habe.

»Vier kleine Windelpupser,
die waren vogelfrei.
Der eine hat sich schlecht versteckt,
da waren es nur noch drei.«

Hinter dem Höhleneingang befindet sich ein Raum und ich vermute, dass weiter hinten ein paar Gänge abgehen. Ich könnte nachgucken, ob meine Vermutung stimmt, aber ich habe keine Lust, über irgendwelche abgenagten Knochen zu stolpern. Stattdessen hocke ich mich mit meinem Gewehr einfach auf den Boden und warte ab.

»Drei kleine Windelpupser,
die hörten einen Schrei,
das war der Pupser Nummer drei,
da waren es nur noch zwei!«

Und einer davon bin ich. Das bleibt allerdings nicht lange so, denn kurz darauf singt Major Horst auch schon laut und höchst vergnügt:

»Zwei kleine Windelpupser,
der eine, der hieß Heiner.
Der Heiner hat 'nen Fleck im Hemd,
da war es nur noch einer.«

Danach ist es draußen ganz lange ganz unheimlich still. Im Dunkeln der Höhle kann ich meine Uhr nicht lesen, aber ich sitze jetzt hier bestimmt schon eine Ewigkeit, in der ich darauf warte, dass endlich das Signal zum Spielabbruch ertönt. Doch das tut es nicht, denn Major Horst mag keine unerledigten Aufträge.
Vielleicht steht er schon die ganze Zeit vor der Höhle und wartet nur darauf, dass ich endlich rauskomme. Und das werde ich auch, weil ich nämlich Hunger habe. So großen Hunger, dass ich sogar Mockturtlesuppe essen würde.
Mit einem kühnen Satz, das Gewehr im Anschlag, springe ich aus der Höhle. Es dauert eine Weile, bis sich meine Augen an die Helligkeit gewöhnt haben. Sicherheitshalber gebe

ich zwei Schüsse ab, einfach so, das kann ja nicht schaden. Ich habe sogar getroffen: einen Tannenzapfen, der rot verschmiert an einem Ast schaukelt, und den fetten Hintern eines Dachses, der verärgert davonwackelt und brummelnd in seinem Bau verschwindet.

Keine Spur von Major Horst.

Aber mich kann er nicht täuschen. Er steckt hier irgendwo und wartet auf mich. Gebeugt schleiche ich durch den Wald, um die Schussfläche zu verringern. Dabei bemühe ich mich, auf keinen morschen Ast zu treten. Alle drei Schritte bleibe ich einen Moment stehen, horche und schaue hinter mich.

Immer noch keine Spur von Major Horst!

Vielleicht ist Justins Vater längst zurück ins Zeltlager marschiert, um dort seinen triumphalen Sieg zu feiern?
Vielleicht ist es ihm völlig gleichgültig, ob ich noch hier draußen herumschleiche oder nicht?
Vielleicht sind die anderen und er schon längst beim Abendessen?
Mein Bauch knurrt laut bei der Vorstellung, und da ist es völlig egal, ob ich auf morsche Zweige trete oder nicht. Ich spare mir das kindische Schleichen und das ständige Mich-Umdrehen. Ich laufe einfach los in Richtung Camp, und wenn ich mir das vor lauter Hunger nicht nur einbilde, kann ich die Suppe sogar schon riechen.
Ich habe den Waldrand fast erreicht, als plötzlich etwas von einer Eiche herunterplumpst. Es ist Major Horst, der zufrieden grinst und seine Paintball-Spritze auf mich richtet.
»Da war es nur noch einer, und bald schon ist es keiner«, erklärt er, und ich kann sehen, wie sich sein Zeigefinger um den Abzug krümmt.
Es ist aus.

Vielleicht liegt COOLMAN damit gar nicht so falsch. Major Horst macht seinen Job seit über vierzig Jahren, wenn nicht noch länger. Der kann gar nicht anders, der ist so trainiert. Wenn der einen Befehl bekommt, muss er den ausführen, egal, wie bescheuert der ist.

»Deckung!«, brülle ich, ehe Major Horst abdrücken kann. Sofort wirft sich Justins Vater gehorsam auf den Boden. Auf die kurze Entfernung kann ich ihn gar nicht verfehlen. Eine Farbpatrone habe ich ja noch, und die landet genau auf seinem Tarnanzug. Genau dort, wo auf seiner Uniform die ganzen Orden hängen. Nur eben auf der Rückseite, und darauf bin ich nicht besonders stolz.

Aber egal, das Spiel ist aus, und ich habe gewonnen!

So wütend, wie Major Horst mich anstarrt, als er wieder aufsteht, werde ich an meinem Sieg nicht viel Freude haben. Ich hatte mir schon gedacht, dass er kein guter Verlierer ist.

6. Kapitel
Besuch bei der alten Dame

Mein Einmarsch ins Camp gleicht leider so gar nicht dem Triumphzug, den ich nach meinem Sieg erhofft und erwartet hatte. Anstatt mir zuzujubeln, starren die anderen Jungs betreten auf den Boden, als ich mit Major Horst im Zeltlager erscheine. Nur ein paar wenige Mutige trauen sich, mir anerkennend zuzuzwinkern oder verstohlen den Daumen hochzustrecken. Der Rest hat viel zu viel Schiss vor Major Horst, als dass er sich offen über meinen Sieg freuen würde.

Dabei ist ihre Sorge völlig unbegründet. In seinen verkniffenen Augen kann ich lesen, wie sauer Justins Vater noch immer auf mich ist. Da ist für die anderen überhaupt kein bisschen Wut mehr übrig. Da habe ich quasi ein Monopol drauf.

Als wir die Feuerstelle erreichen, lässt Major Horst die ganze Truppe antreten. Er und ich stehen vor der Reihe meiner Mitkameraden, die uns neugierig anstarren, weil sie wissen möchten, was als Nächstes passiert.

Das wüsste ich auch gern.

Vielleicht werde ich wegen meines heldenhaften Einsatzes ehrenhaft aus dem Camp »Kinderglück« entlassen und darf endlich nach Hause.

So etwas Ähnliches befürchte ich auch, obwohl Major Horst jetzt sogar lächelt. Aber kein gewöhnliches, freundliches Lächeln, sondern eher so ein teuflisch verschlagenes.
»Für seine außergewöhnliche und geradezu heldenhafte Tapferkeit in der heutigen Schlacht ernenne ich Kai zum stellvertretenden Lagerkommandanten vom Camp Kinderglück«, erklärt Major Horst und haut mir dabei so stark auf den Rücken, dass ich fast vornüberfalle. Die Jungs sehen sich erstaunt an. Genau wie ich hatten sie etwas anderes erwartet.
»Und was muss ich als stellvertretender Lagerkommandant machen?«, frage ich vorsichtig, weil ich dem Ganzen immer noch nicht traue.
»Nicht der Rede wert, nur ein paar Kleinigkeiten«, erklärt Major Horst und macht eine wegwerfende Handbewegung.
»Was für Kleinigkeiten?«, hake ich nach.

»Dosen öffnen, abwaschen, Wasser holen, Schuhe putzen, das Lager sauber halten, Wäsche waschen, bügeln, den Boden fegen, Zelte aufräumen, Feuer bewachen, Holz sammeln, Kartoffeln schälen.« Justins Vater muss eine Pause machen, um Luft zu holen. »Tisch decken, Laub kehren, Schlafsäcke lüften, Tarnnetze flicken, Stahlhelme polieren, Messer schleifen und dann waren da noch ein paar Lappalien, die mir gerade nicht einfallen. Ach ja, die Ziege melken. Wo ist die überhaupt?«
Major Horst sieht sich suchend um, kann Laika aber auf unserer Seite des Flusses nirgendwo entdecken.
Wie auch?!
Als wenn sie gespürt hätte, dass gerade über sie geredet wird, lässt Laika ein lautes MÄH-MÄH! ertönen. Sie grast am Ufer zwischen den Mädchen, die sich dort versammelt haben, um sich die Truppenparade auf unserer Seite des Flusses anzuschauen. Das ist bestimmt unterhaltsamer als Fernsehen, und dass die Mädels sich bei dem gebotenen Programm gut amüsieren, kann man daran erkennen, dass sie immer wieder mit den Fingern auf uns zeigen und laut kichern. Lena ist auch dabei, und ich hoffe nur, wenigstens sie kapiert, dass ich hier gerade eine Auszeichnung für meine »außergewöhnliche und geradezu heldenhafte Tapferkeit« erhalten habe und dafür zum stellvertretenden Lagerkommandanten befördert wurde. Dass das im Detail für mich eine Zukunft als Camp-Sklave bedeutet, muss sie ja nicht unbedingt wissen.

Major Horst zieht missbilligend die Augenbrauen zusammen, als er Laika auf der anderen Seite des Flusses entdeckt.
»Typisch Weiber! Kennen einfach keine Treue! Hätten uns lieber einen Ziegenbock besorgen sollen!«
Ich verzichte auf den Hinweis, dass wir dann keine Milch gehabt hätten. Zum einen, weil wir jetzt ja auch keine mehr haben, und zum anderen, weil Major Horst bereits mit seiner Ansprache fortfährt.
»Wehe, ich erwische einen von euch, wie er dem stellvertretenden Lagerkommandanten zur Hand geht. Das sind

alles Ehrenjobs, die muss er ganz allein erledigen! Verstanden?!«

»Verstanden!«, brüllen die Jungs und klingen dabei ziemlich erleichtert. Für sie bedeutet meine Beförderung, dass sie in der nächsten Zeit keinen Finger mehr krümmen müssen.

»Und jetzt gebt Kai eure dreckigen Klamotten, damit er im Fluss flottikarotti die roten Flecken wieder rauswaschen kann.«

Die Jungen ziehen schnell ihre rot befleckten T-Shirts aus und werfen sie auf einen großen Haufen. Auch Justins Vater streift sich seine Tarnjacke über den Kopf und drückt mir den miefenden Wäscheberg in die Arme. »Wenn du das alles picobello sauber geschrubbt hast, ziehst du meinen Jeep aus dem Fluss, ehe der noch anfängt zu rosten. Danach Meldung bei mir im Kommandozelt, um weitere Befehle zu erhalten. Verstanden?!«

»Verstanden!«, brülle ich zurück, weil man mit Justins Vater sowieso nicht diskutieren kann.

Ich habe nicht die Absicht, hier irgendetwas zu waschen. Mit den dreckigen T-Shirts im Arm schlendere ich betont langsam an den Rand des Lagers - dahin, wo die Blumenwiese anfängt, durch die der Pfad hoch zu dem kleinen Schlösschen führt.

Es wird höchste Zeit, dass ich endlich diesen lächerlichen rosa Morgenmantel loswerde. Mein Koffer hat seine kleine Weltreise bestimmt längst beendet und ist von der Fluggesellschaft bei der netten alten Dame abgeliefert worden. Den brauche ich dort nur noch abzuholen. Dann ziehe ich mich um und kann endlich von hier verduften. Entweder trampe ich, oder ich laufe die ganze Strecke nach Hause. Dort wartet eine sturmfreie Bude auf mich. Wenn ich da Wäsche waschen muss, dann höchstens meine eigenen Sachen, und zwar in der Waschmaschine.

Aber so einfach ist das nicht.

Major Horst hat sich auf einem Campingstuhl niedergelassen und beobachtet jede meiner Bewegungen durch seinen Feldstecher. Wenn der das nächste Mal auf mich schießt, dann garantiert nicht mit einer Farbpatrone aus einer Paintball-Spritze. Der mäht mich auf der Wiese mit einem Maschinengewehr einfach um und notiert das im Lagertagebuch unter der Rubrik »Auf der Flucht erschossen«.

Also hocke ich mich erst einmal brav unterhalb der Wiese ans Ufer und nehme ein Kleidungsstück vom Wäschestapel neben mir. Es ist Major Horsts Tarnjacke.

Na super!

Weil ich immer noch im Fadenkreuz des Feldstechers bin, tauche ich die Jacke ins Wasser und beginne, den feuchten Stoff an einem der Steine zu reiben, um so den roten Fleck auf der Rückseite rauszurubbeln. Der wird dadurch aber eher größer als kleiner, und deswegen ziehe ich die Jacke noch ein paarmal durchs Wasser, damit sie richtig nass wird. Vielleicht geht der Fleck so ganz von allein raus, und ich kann mir das weitere Schrubben sparen. Bei der Ente, die nach Major Horsts Treffer heute Morgen in den Fluss gestürzt ist, hat das ja auch geklappt.

Als ich die Tarnjacke im Wasser hin und her schwenke, spüre ich plötzlich einen kräftigen Zug am anderen Ende des Stoffes. Irgendwer zerrt an einem der Ärmel. Ich versuche, die Jacke an Land zu ziehen, aber es gelingt mir nicht. Wer auch immer da zieht, scheint kräftiger zu sein als ich.

Das ist endlich mal ein vernünftiger Vorschlag von COOL-MAN. Ich habe nämlich absolut keine Lust, noch einmal in den eisigen Fluten zu landen. Genau in diesem Moment taucht ein riesiger Wels genau vor mir an der Wasseroberfläche auf. Der Fisch ist mindestens drei Meter lang. Er hat den rechten Ärmel der Tarnjacke in seinem Maul und starrt mich drohend an. Das ist gar nicht nötig, weil ich ja sowieso gerade loslassen wollte. Sofort taucht der Wels wieder unter und zieht seine Beute hinter sich her auf den Grund des Flusses - da, wo das Muschelschloss ist. Major Horst, der durch sein Fernglas alles beobachtet hat, springt laut fluchend von seinem Stuhl, rennt auf das Ufer zu und hechtet mit einem Kopfsprung ins kalte Wasser, um seine Jacke zu retten.

Danke, lieber Wels!

Das ist meine Chance zur Flucht. Solange Major Horst im Wasser ist und dort mit dem Fisch um seine Jacke kämpft, kann er mich nicht erschießen. Ich drehe mich um und laufe, so schnell ich kann, quer durch die Wiese auf die Steintreppe zu, die zu dem Schlösschen hinaufführt.

Als ich mich auf dem ersten Absatz noch einmal umdrehe, sehe ich, wie Major Horst in der Mitte des Flusses mit dem riesigen Fisch ringt. Rechts und links des Ufers haben sich die Mädchen und die Jungen versammelt und feuern den Wels an. Das Wasser ist ganz aufgewühlt, und ich kann beim besten Willen nicht erkennen, wer von den beiden gerade in Führung liegt.

Ich wende mich ab und laufe weiter, bis ich die Terrasse des Schlösschens erreicht habe. Die Tür zum Wohnzimmer steht offen. Ich trete ein und rufe laut: »Ist jemand zu Hause?«

»Nein, hier wohnt niemand mit Namen Krause«, antwortet die nette alte Dame. Sie hockt auf dem Sofa, hat ihren fetten Kater auf dem Schoß und lächelt mich freundlich an. »Einen schönen Morgenmantel hast du. Ich hatte auch mal so einen.«

»Ich weiß«, antworte ich und lächele zurück. »Er gehört ja auch Ihnen.«

»Ja, ja, die Bienen. Fleißige Tierchen sind das, nicht so faul wie der hier«, erwidert sie und tätschelt Nero den breiten Rücken. Dann zeigt sie auf einen Stuhl gegenüber vom Sofa. »Setz dich doch, Junge! Mach es dir bequem!«

»Ist meine Tasche schon angekommen?«, frage ich, nachdem ich mich gesetzt habe.

»Nein, keine Asche. Ich will anständig beerdigt werden, mit einem Sarg und allem Drum und Dran«, erwidert sie, und eigentlich hätte ich mir vorher schon denken können, dass das mit der Verständigung schwierig werden würde. »Du siehst hungrig aus, Junge! Magst du etwas essen?«

»Da sage ich nicht Nein«, antworte ich höflich, weil ich in der Tat immer noch ziemlich hungrig bin.

»Schwein habe ich nicht, aber ein bisschen Hühnchen ist noch da. Davon mache ich dir ein Sandwich«, erklärt die nette alte Dame, während sie mit ihrem Gehstock schon Richtung Küche humpelt und mich mit dem Kater allein lässt.

Genau aus diesem Grund halte ich lieber Abstand. Also, zu dem Kater, nicht zu den Mädchen. Na ja, zu denen eigentlich auch. Nero, der dicke Kater, hockt auf dem Sofa und faucht mich an, sobald ich mich bewege. Deshalb bleibe ich möglichst regungslos auf meinem Stuhl sitzen.

Da klingelt es plötzlich an der Haustür.
Vielleicht ist das ja mein Koffer!
Ich höre, wie die nette alte Dame nach dem dritten Läuten endlich zur Tür geht. Kurz darauf kommt sie mit einem jungen Mann ins Wohnzimmer. Der Mann trägt einen Anzug mit einer schrecklichen Dagobert-Duck-Krawatte und streicht sich mit der linken Hand immer wieder durch seine gegelten Haare. Mit der rechten hält er einen Aktenkoffer aus schwarzem Leder umklammert.
Das ist definitiv nicht mein Koffer.
Der Anzugträger stutzt einen Moment, als er mich in dem rosa Morgenmantel auf dem Stuhl sitzen sieht. Dann grinst er mich an, auf so eine schmierige Art, wie man sie von Kioskbesitzern kennt, die einem noch ein paar Fußballbilder mehr aufzuschwatzen versuchen, als man eigentlich kaufen wollte.
»Ich habe noch in der Küche zu tun, aber der freundliche Junge aus dem Camp wird Ihnen in der Zwischenzeit Gesellschaft leisten. Ich bin gleich bei Ihnen«, erklärt die nette alte Dame und verschwindet wieder.
Der Mann sieht sich neugierig im Wohnzimmer um und setzt sich dann auf das Sofa neben Nero.
Das ist sein erster großer Fehler.
Sein zweiter ist, dass er so tut, als wenn ich gar nicht da wäre. Er holt ein Diktiergerät aus seinem Aktenkoffer und fängt an, ein paar Notizen draufzusprechen.
»Das Haus ist die totale Bruchbude, komplett veraltetes

Gemäuer aus dem vorletzten Jahrhundert. Mindestens. Das reißen wir alles ab, und dann kommt hier oben ein Fünf-Sterne-Tophotel hin. Aus dem Tal mit dem Zeltlager machen wir einen Vergnügungspark mit einer Skilanglaufhalle, in der man das ganze Jahr Ski laufen kann. Da kippen wir erst mal ein paar Hundert Lastwagenladungen Zement rein, dann wird das schon. Und der Fluss kommt natürlich auch weg. Den legen wir einfach trocken.«

»'tschuldigung«, unterbreche ich ihn. »Aber das gehört Ihnen doch alles gar nicht!«

Der Mann nimmt sein Diktiergerät vom Mund und sieht mich mitleidig an.

»Noch nicht, du kleiner Klugscheißer. Aber bald. Du hast die Alte doch gesehen. Völlig durchgeknallt und außerdem total überschuldet. Wenn die bis Ende der Woche keine 20 000 Euro auf den Tisch legt, hat sie hier die längste Zeit gewohnt. Dann übernimmt das alles meine Bank. So sieht's aus.«

Ganz meine Meinung. Der dicke Kater scheint das Gleiche zu denken. Aus seinen grünen Augen funkelt Nero den Anzugträger böse an und stößt dabei ein ziemlich beängstigendes Fauchen aus.
»Sie müssen ihn streicheln«, erkläre ich geduldig. »Dann beruhigt er sich wieder. Das Fauchen ist seine Art, Ihnen zu sagen, dass er Sie mag.«
»Wirklich?«, fragt der Mann skeptisch.
»Wirklich«, antworte ich hilfsbereit und mache dabei ein möglichst unschuldiges Gesicht. Okay, das ist jetzt vielleicht nicht ganz fair, aber ich finde, er hat es auch nicht anders verdient. »Machen Sie schon, sonst gibt Nero keine Ruhe und faucht Sie die ganze Zeit weiter an. Sie müssen sein Freund werden. Dann können Sie auch viel besser mit der alten Dame verhandeln. Die freut sich doch, wenn sie sieht, dass Sie und ihr Kater sich so gut verstehen.«
Das scheint den Anzugträger zu überzeugen. Vorsichtig streckt er seine Hand aus, um Nero über den Kopf zu streicheln.
Das ist sein dritter großer Fehler.
Noch ehe seine Finger das Fell berühren, hechtet ihm der dicke Kater mit ausgefahrenen Krallen direkt ins Gesicht. Das Geschrei ist so laut, dass es sogar die nette alte Dame aus der Küche lockt, obwohl sie doch kaum noch was hören kann. Als sie das Wohnzimmer betritt, sitzt Nero längst wieder brav auf dem Sofa und tut so, als wäre er das harmloseste Miezekätzchen auf der ganzen Welt. Nur die vier

tiefen Kratzer auf der rechten Wange des Krawattenträgers verraten, was hier gerade geschehen ist. Der hat sich seine Aktentasche geschnappt und stürmt an der netten alten Dame zur Tür hinaus.
»Wollen Sie etwa schon wieder gehen?«, fragt sie. »Es dauert nur noch ein paar Minuten, dann sind die Hühnchensandwiches fertig.«
»Ich gehe! Aber ich komme wieder! Und dann bin ich nicht allein! Dann komme ich mit Abrissbirnen, Baggern und Planierraupen. Hunderten von Planierraupen!«, kreischt er wütend, während er sich ein weißes Taschentuch auf seine blutende Wunde legt. »Dann machen wir hier alles platt!«
»Ach, Sie sind schon satt«, erwidert die nette alte Dame unbeeindruckt. »Dann verstehe ich natürlich, warum Sie nicht zum Essen bleiben wollen.«
Aber das hört er schon nicht mehr. Der ist längst aus der Haustür gerannt und in seinen dicken Mercedes gestiegen.
»Ich kann leider auch nicht mehr bleiben«, erkläre ich. Mir ist über den üblen Plänen des Bankers der Hunger vergangen. »Ich muss zurück ins Zeltlager.«
»Nein, nein, der junge Mann war nicht mein Schwager. Ich kenne ihn überhaupt nicht. Was wollte er denn überhaupt?«
Ich verzichte darauf, sie zu beunruhigen.
Aber die Pläne des schmierigen Bankers sind gemein, und es täte mir wirklich leid, wenn die nette alte Dame nicht in ihrem Schlösschen bleiben könnte und das schöne Tal umgegraben würde.

Doch was kann ich dagegen tun? Ich habe mal versucht, in einer Woche 1039,50 Euro zu verdienen, weil mir zwei Russen mit dem Verlust meines linken kleinen Fingers gedroht hatten, wenn ich meine Schulden nicht bezahle. Das habe ich so gerade eben geschafft. Wie soll ich da in nur einer Woche 20 000 Euro zusammenkriegen?!

Wer's glaubt! Ich jedenfalls nicht, und deswegen kümmere ich mich auch nicht weiter um COOLMANs phantastische Vorschläge.

Als ich die Treppe erreicht habe, kommt mir die nette alte Dame hinterhergehumpelt.

»Warte! Ich habe dir ein Hühnchensandwich eingepackt!«, ruft sie mir nach. Als ich mich umdrehe, sehe ich, dass sie nicht nur ein Lunchpaket für mich zurechtgemacht hat, sondern auch einen dunkelblauen Rollkoffer hinter sich herzieht. »Und der hier, der wurde heute Morgen für dich abgegeben.«

Mein Koffer ist da! Endlich wendet sich alles zum Guten.

»Danke!«, sage ich und nehme der netten alten Dame den Koffer ab. »Danke!«

»Nein, da ist keine Schranke. Dummer Junge, das hast du mich doch gestern schon gefragt«, erwidert sie und tätschelt mir nachsichtig den Kopf.

Ich kann gar nicht sagen, warum. Aber ich mag die nette alte Dame einfach. Ich mag sie sogar sehr!

7. Kapitel

Kleiderwechsel

Der Rollkoffer ist viel schwerer, als ich ihn in Erinnerung hatte. Aber das ist ja oft so, dass man Dinge später verklärt oder sich schönredet. Zum Beispiel meine glücklichen Zeiten mit Lena, als wir damals auf dem Kostümfest fünf Minuten lang zusammen waren. So lange, bis ich sie mit Anna aus der Nachbarklasse verwechselt habe, weil die beiden fast dasselbe Kostüm anhatten. Leider hat Lena mir nicht geglaubt, dass ich eigentlich sie küssen wollte und nicht Anna, obwohl es die Wahrheit war.

Oder auch meine Kindheit mit COOLMAN, also die Zeit zwischen vier und zehn Jahren, erscheint mir heute im Rückblick nicht mehr ganz so schlimm, obwohl es die Hölle war.

Es ist anstrengend, den Koffer die Steintreppe hinunterzuschleppen. Auf den Stufen bringen mir die Rollen überhaupt nichts, und auf der Wiese ist es dasselbe. Die Räder bleiben immer irgendwo stecken, sodass ich das schwere Teil die ganze Strecke tragen muss. Alle zehn Meter mache ich eine Pause, in der ich von dem Hühnchensandwich aus dem Lunchpaket abbeiße. Da ist es gut, dass ich mich noch nicht umgezogen habe, sonst wären meine neuen Sachen gleich schon ganz verschwitzt oder mit Mayonnaise bekleckert. Andererseits ist es um den rosa Morgenmantel natürlich auch schade, wo ich mich doch so bemüht habe, dass er keinen roten Spritzer abkriegt.
Als ich mich nach gefühlten zwei Stunden in dem schweißdurchtränkten und mit Mayo verschmierten Morgenmantel total erschöpft an dem Haufen mit der dreckigen Wäsche vorbei ins Camp Kinderglück schleppe, ist von Major Horst und den anderen Jungs nichts zu sehen. Nur Alex und Justin

sitzen am Feuer und passen auf, dass die Flamme nicht ausgeht. Völlig erledigt stelle ich den Koffer ab und setze mich drauf. Alex und Justin werfen mir nur einen kurzen Blick zu, dann starren sie wieder ins Feuer.

»Und? Wer hat gewonnen? Der Wels oder dein Vater?«, frage ich Justin, als ich mich wieder etwas erholt habe.

Statt zu antworten, zeigt Justin wortlos auf einen riesigen Fisch, der mit dem Kopf nach unten an einem Baum hängt.

»Das war ein harter Kampf, Alter!«, erklärt Alex. »Justins Vater hat dabei seinen Arm verloren!«

»Der Ärmste!«, rufe ich geschockt.

Okay, Major Horst und ich, wir zwei sind wirklich nicht die besten Freunde. Trotzdem tut er mir leid, weil es mit seiner Heldenkarriere bei der Bundeswehr jetzt ja wohl Essig ist.

Ich verdrehe die Augen bei so viel Dummheit, doch das scheint Justin irgendwie falsch zu verstehen.

»Da brauchst du gar nicht solche Faxen zu machen. Mein Vater ist echt immer noch total traurig«, sagt Justin.

»Nimm's nicht so schwer!«, versuche ich ihn zu trösten. »Er kann dich doch auch mit einem Arm noch liebevoll umarmen. Außerdem gibt es mittlerweile wirklich gute Prothesen.«

Alex und Justin sehen mich an, als wäre ich verrückt geworden.

»Was soll Major Horst denn mit Prothesen, Alter?«, fragt Alex.

»Na, weil er doch seinen Arm verloren hat«, erkläre ich geduldig. »Da kann er sich doch eine Prothese anfertigen lassen. Die sind heute oft schon viel besser als echte Arme.«

»Mein Vater hat doch nicht seinen eigenen Arm verloren,

sondern den Arm von seiner Tarnjacke. Echt!« Justin schüttelt den Kopf über so viel Begriffsstutzigkeit meinerseits. Dabei ist das eigentlich meine Rolle.

»Oh!«, nuschele ich verlegen und wechsele schnell das Thema. »Wo sind denn überhaupt die anderen?«

»Beim Abendsport, Alter«, erklärt Alex einsilbig.

»Und Major Horst?«

»Der hat Besuch«, erwidert Justin und zeigt auf ein Kanu, das auf einer Sandbank am Ufer liegt und das ich noch gar nicht bemerkt hatte, weil es von Major Horsts Jeep verdeckt wird.

»Wen denn?«

»Keine Ahnung, Alter. Als der Besuch kam, waren wir gerade beim Holzholen«, erklärt Alex und zeigt auf das große Zelt von Justins Vater. »Die sind schon mindestens eine Stunde da drin.«

Dann starren die beiden wieder ins Feuer. Ich kenne das. Das ist wie Hypnose. Wenn man nur lange genug in die Flammen stiert, wird man mit der Zeit irgendwie ganz traurig und sentimental. Ich habe jedenfalls noch nie jemanden erlebt, der in ein Feuer blickt und dabei lacht.

Den Koffer! Den hätte ich fast vergessen, so sehr habe ich mich schon an den rosa Morgenmantel gewöhnt.

Ich stehe auf und öffne ihn. Oder, um genauer zu sein, ich versuche, den Koffer zu öffnen, aber das geht nicht. Dabei bin ich mir fast sicher, dass ich ihn nicht abgeschlossen habe. Womit auch? Ich habe ja gar keinen Schlüssel dafür.

»Warte, wir helfen dir, Alter!«, sagt Alex, der meine vergeblichen Bemühungen mitleidig beobachtet hat.

»Keine Ahnung, warum der nicht aufgeht. Das ist ganz bestimmt mein Koffer, da bin ich mir vollkommen sicher. Er ist genauso groß und genauso dunkelblau wie meiner«, erkläre ich, damit sie nicht denken, ich hätte den geklaut oder so.

»Ist echt 'n Klacks für uns«, bestätigt Justin, den es überhaupt nicht zu interessieren scheint, ob das jetzt mein Koffer ist oder nicht. Und wenn es nicht meiner ist, wo ich ihn dann herhabe.

Justin legt sein Ohr auf den Koffer, direkt neben das Schloss, und Alex kramt in seiner Tasche nach einem Stück Draht. Das verbiegt er ein bisschen und lässt es dann im Schlüsselloch verschwinden.

»Etwas weiter nach links, jetzt wieder rechts, ein Stückchen nach links«, kommandiert Justin, der immer noch angestrengt in das Schloss hineinhorcht.

Keine Ahnung, warum Alex und Justin so etwas können, und ehrlich gesagt will ich das auch gar nicht wissen, sonst werde ich noch als Mitwisser oder sogar als Komplize verhaftet. Tatsache ist, die zwei machen das garantiert nicht zum ersten Mal, denn schon nach wenigen Minuten erklingt ein leises »Klick!«, und das Schloss springt auf.

Endlich!

Als ich den Koffer aufmache, drängeln sich Alex und Justin hinter mir, weil sie auch sehen wollen, was drin ist.

Ich hebe den Deckel, spinkse hinein ... und lasse ihn sofort wieder zuklappen.

»Das ist nicht mein Koffer!«, stammele ich, weil es wirklich

nicht meiner ist. Anscheinend gibt es auf dieser Welt mehr dunkelblaue Rollkoffer, als ich gedacht habe.
»Alter, nicht so laut!« Alex hält sich warnend den Draht vor die Lippen.
»Echt, das interessiert uns nicht die Bohne, wo du den Koffer herhast«, ergänzt Justin. »Hauptsache, die Beute wird nachher ehrlich geteilt.«
Dass er in diesem Zusammenhang das Wort »ehrlich« benutzt, irritiert mich für einen Moment. Alex und Justin nutzen das aus, um selbst nachzusehen, was zum Teilen überhaupt da ist.
Sie klappen den Koffer auf und schauen hinein, genau wie ich vorhin. Dann lassen sie den Deckel schnell wieder zuklappen, genau wie ich vorhin.

Alex und Justin stehen wie erstarrt vor dem Koffer, und mir geht es auch nicht besser.
»Was sollen wir denn damit anfangen, Alter?«, fragt Alex.

»Das ist echt eklig«, stöhnt Justin.
Und damit liegen die beiden ausnahmsweise mal völlig richtig.
Ich überwinde mich und sehe noch einmal hin. Vielleicht habe ich mich ja auch nur verguckt. Vielleicht haben wir uns alle drei nur verguckt.
Alex und Justin halten sich die Augen zu, als ich den Kofferdeckel ein drittes Mal öffne. Dabei kann ich genau sehen, dass sie durch einen Schlitz zwischen ihren Fingern hindurchlinsen.
Wir haben uns nicht verguckt.
Leider.
Der Koffer ist voll mit rosa Mädchenklamotten!
»IHHH!«, brüllt Alex. »Mach das schnell wieder zu, Alter!«
»Echt, davon kriegt man Augenkrebs!«, schreit Justin.
Ich glaube das nicht und wühle mit spitzen Fingern in den Kleidern herum. Vielleicht finde ich irgendwo einen Hinweis auf die Besitzerin, denn die hat nun ja wohl meinen Koffer. Der wird am Flughafen irgendwie vertauscht worden sein, und für einen Moment muss ich grinsen. Ich stelle mir vor, wie das arme Mädchen in meinen Jeans und meinen Kapuzenpullis an einem Strand liegt und furchtbar schwitzt. Viele Urlaubsflirts wird die Ärmste in diesem Jahr nicht haben. Es sei denn, dort, wo sie ihre Ferien verbringt, ist auch ein Skaterpark in der Nähe. Da könnte sie mit ihren neuen Sachen punkten.
Weil ich aber nichts finde außer ihren Klamotten, schließe ich den Deckel und setze mich obendrauf, so als wollte ich

verhindern, dass da irgendwelche rosa Geister herausgekrochen kommen.
Sieht so aus, als ob ich noch einige Zeit in dem Morgenmantel herumlaufen müsste. Und eigentlich könnte ich mir genauso gut eines von den geblümten Sommerkleidern aus dem Koffer anziehen. Das war ein Witz.

Es dauert eine Weile, bis ich kapiere, was mir COOLMAN da gerade vorgeschlagen hat.
Das ist völlig verrückt.
Eine typische COOLMAN-Idee ist das.
Niemals würde ich freiwillig Mädchenkleider anziehen!
In diesem Moment erklingt von der anderen Seite des Flusses lautes, fröhliches Lachen, und gleichzeitig ist aus der Ferne schon das Stöhnen und Ächzen unserer Abendsport treibenden Kameraden zu hören.
»Ha...ha...atschi!« Jetzt habe ich mir auch noch einen Schnupfen geholt. Kein Wunder, wenn man ständig in nassen Klamotten rumläuft, so wie ich.
»Was hast du gesagt, Alter?«, fragt Alex.
»Irgendwas von einer Uschi«, antwortet Justin für mich.
Von der anderen Flussseite erklingt wieder glockenhelles Lachen, und außerdem strömen jetzt Gerüche über das Wasser zu uns herüber, die nicht nach Mockturtlesuppe duften, sondern so richtig, richtig lecker.
Vielleicht sollte ich doch noch einmal ernsthaft über COOLMANs Vorschlag nachdenken.

Für das Mädchencamp spricht:
1) Besseres Essen
2) Bessere Stimmung
3) Lena

Gegen das Jungencamp spricht:

1) Schlechtes Essen
2) Schlechte Stimmung
3) Major Horst
4) Meine Zukunft als Camp-Sklave

Das ist sogar noch ein Grund mehr, der für einen zügigen Seitenwechsel spricht.
Und warum eigentlich nicht?
Soweit ich weiß, tragen die Männer bei den Schotten schon seit Jahrhunderten Röcke, und die Toga der Römer war ja auch so eine Art Kleid. In meinem Geschichtsbuch steht außerdem, dass die Römer damals die Hosen der Germanen total unzivilisiert und barbarisch fanden.
»Uschi, das bist du«, sage ich und zeige auf Justin. »Du, Alex, du heißt ab sofort Chantal. Und ich bin für euch von jetzt an nur noch die Zoe.«
So hieß ein Mädchen in meinem Kindergarten, für das ich mal heimlich geschwärmt habe. Sie mochte mich aber nicht, und COOLMAN weiß genau, warum.

Alex und Justin schauen mich an, als wäre ich jetzt komplett durchgedreht. Das ändert sich erst, als ich ihnen meinen Plan erklärt habe.

»Alter, das klingt nach 'ner Menge Spaß!«

»Echt, ich wollte immer schon mal wissen, was die Mädels sich so erzählen, wenn keine Jungs dabei sind.«

»Gut, dann gehe ich mich jetzt als Erster umziehen.« Schließlich war das meine Idee, und da ist es nur gerecht, dass ich mir die schönsten Klamotten aussuchen darf.

Ich verschwinde mit dem Koffer in unserem Zelt und wühle mich durch die Sachen. Am besten gefällt mir ein Kleid mit aufgedruckten Schmetterlingen in Zartrosa. Es passt wie angegossen, und da ist es fast schon ein bisschen schade, dass im Zelt kein Spiegel ist. Den könnte ich jetzt wirklich gut gebrauchen, weil ich in einem Kulturbeutel einen Lippenstift gefunden habe. Außerdem gibt es dort auch Puder, unter dem ich meine verschnupfte Nase verstecke, und ein Haargummi, mit dem ich mir einen kurzen Pferdeschwanz binde.

In dem Koffer ist so ein Ding, das mit ganz viel Schaumstoff ausgepolstert ist. Genau das, was ich brauche. Jetzt noch ein paar Schuhe, aber keine mit so ganz hohen Absätzen. Als ich aus dem Zelt trete, fallen sich Uschi und Chantal lachend in die Arme.

»Alter, äh, Alte, du siehst voll scharf aus!«

»Echt zum Verlieben!«

»Sehr witzig«, erwidere ich zickig. »Jetzt seid ihr dran, und beeilt euch, die Jungs können jeden Augenblick zurück sein!«

Alex und Justin gehen gemeinsam in das Zelt, um sich umzuziehen. Als sie wieder rauskommen, bin ich es, der lacht. Alex trägt einen ultrakurzen Minirock über einer schwarzen Nylonstrumpfhose und darüber eine Bluse mit ganz vielen Rüschen und Pferdestickereien. Mit einem schwarzen Kajalstift hat er sich die Augen angemalt. Er sieht aus wie ein Pandabär.

Justin hat sich für eine enge Leggins entschieden, die er gewagt mit einem T-Shirt kombiniert, auf dem eine Hello-Kitty-Katze mit der Pfote winkt. Außerdem hat er einen Hauch Rouge auf den Wangen. Leider einen Hauch zu viel. Mit der Farbe im Gesicht geht er glatt als Indianer auf Kriegspfad durch.

Ich bin bestimmt nicht eitel, aber von uns dreien sehe ich eindeutig am besten aus!

COOLMAN hat recht. Irgendetwas fehlt noch für eine perfekte Verkleidung, und das finde ich ganz unten in dem Koffer: drei große Seidentücher, von denen ich erst Alex und Justin und dann mir eins um den Kopf wickele, bis nur noch unsere Augen zu sehen sind und wir aussehen, als kämen wir direkt aus dem wilden Kurdistan.

»Und, Alter, äh, Alte? Wie kommen wir jetzt rüber auf die andere Flussseite?«, fragt Alex, der sich auf den Rand des Kanus gehockt hat und sich an den Beinen kratzt, weil die Strumpfhose juckt.

»Echt, wo unser Raketenexperiment doch voll in die Hose gegangen ist«, ergänzt Justin, der neben ihm sitzt und an seiner viel zu knappen Leggins herumzupft.

Ich sagte ja bereits, dass die beiden nicht die Hellsten sind.

»Ihr verbrennt euch gleich, so nah seid ihr der Lösung unseres Problems«, sage ich und lächele wissend, während ich den Morgenmantel zusammenfalte und schnell noch eine Nachricht schreibe, die ich in die rechte Manteltasche stopfe: »Bitte an die nette alte Dame in dem Schlösschen über dem Lager zurückgeben.« Selbst komme ich ja nicht mehr dazu, weil wir gleich die große Überfahrt wagen.

»Echt, ich weiß schon, was Kai meint«, sagt Justin und stößt Alex in die Seite. »Wir nehmen unseren Dietrich und knacken damit das Schloss auf der Brücke!«

»Brutal geniale Idee, Alter, ähh, Alte«, erwidert Alex und revanchiert sich mit einem Stoß, der Justin vom Rand des Kanus fegt.

»Echt, Mädchen schlagen ist voll fies«, beschwert sich Justin, als er wieder auf die Beine kommt.
»Ich habe nicht geschlagen, nur geschubst, Alte!«
»Bitte keinen Zickenkrieg!«, versuche ich die zwei zu besänftigen. »Wir nehmen natürlich das Kanu. Los, rein mit euch!«
Es wird allerhöchste Zeit, zu verduften, weil die anderen Jungs schon am gegenüberliegenden Ende des Lagers auftauchen und auch aus Major Horsts Zelt Gesprächsfetzen zu uns herüberklingen, die auf einen baldigen Abschied seines Gastes hindeuten.
Uschi und Chantal lassen sich rücklings in das Kanu fallen. Ich schiebe es von der Sandbank ins Wasser und springe hinterher.
In dem Boot liegen zwei Paddel. Uschi und Chantal fangen an zu rudern, als ginge es um ihr Leben, während ich vom Heck aus den Takt vorgebe, indem ich rhythmisch auf die Außenseite des Kanus klopfe.
Wir sind schon fast auf der anderen Seite, als ich mich noch einmal umschaue. Die Jungs stehen auf der Sandbank und starren uns neidisch hinterher.
In diesem Moment tritt auch Major Horst mit seinem Gast aus dem Zelt. Als er uns auf dem Fluss entdeckt, läuft er los, hüpft in den Jeep und gibt Gas, um uns zurückzuholen. Er gibt erst auf, als das Wasser ihm schon bis zur Hüfte steht, weil sein Jeep eben doch kein Amphibienfahrzeug ist. Major Horst rettet sich fluchend auf die Motorhaube, wäh-

rend der Wagen langsam untergeht. Doch das kriege ich nur am Rande mit. Ich starre seinen Gast an, den Besitzer des Kanus, der jetzt kein Kanu mehr hat.
Ich muss zweimal hinsehen, ehe ich mir ganz sicher bin.
Es ist mein alter Freund Adolf Schmitz!
Trotz unseres Altersunterschieds haben wir etwas, was uns beide verbindet. Schmitz besitzt nämlich auch einen unsichtbaren Begleiter. Seiner heißt SUPERWILHELM, und der ist keine Spur besser als COOLMAN.
Vor lauter Überraschung über dieses unerwartete Wiedersehen vergesse ich das rhythmische Klopfen. Sofort geraten Uschi und Chantal aus dem Takt. Das Kanu gerät ins Schlingern, aber das macht nichts, denn im selben Augenblick haben wir auch schon die rettende Böschung erreicht.
Die letzten paar Meter waten wir durch das knöcheltiefe Wasser an Land. Uschi und Chantal lassen sich auf die Knie fallen und küssen den Boden des Gelobten Landes, während sie von der grasenden Laika neugierig beschnüffelt werden. Als sie den Geruch der beiden Jungs in Mädchenklamotten erkannt hat, ergreift die Ziege sofort die Flucht und versteckt sich hinter einem der bunten Zelte.
Ich kann Uschi und Chantal gerade noch »Das Reden übernehme ich« zuflüstern, da sind wir auch schon von lauter Mädchen umringt, die wissen wollen, wer wir sind, wo wir herkommen und wo wir die scharfen Klamotten gekauft haben. Unsere Tarnung funktioniert! So richtig freuen kann

ich mich darüber nicht. Ich zerbreche mir die ganze Zeit den Kopf darüber, was Adolf Schmitz im Camp Kinderglück zu suchen hat.

8. Kapitel
Ich bin ein Junge, holt mich hier raus!

Die Mädchen kichern und haben tausend Fragen an uns.

»Habt ihr einen Freund?«

»Mögt ihr Pizza?«

»Ist das heiß unter dem Schleier?«

»Gibt es das Kleid auch in Rot?«

»Wen findet ihr süßer: Bart Simpson oder Justin Bieber?«

Meine Antworten in der richtigen Reihenfolge lauten:

»Nein, äh, ja doch, klar.«

»Ja.«

»Nein.«

»Keine Ahnung!«

Und: »Bart Simpson natürlich!!!«

Damit ich mich nicht verrate, spreche ich mit einer ganz hohen Stimme. Das ist ziemlich anstrengend, und deswegen rede ich so wenig wie möglich.
Alex und Justin, also Uschi und Chantal, sagen zum Glück gar nichts. Dass sie mit den Mädchen auch reden müssen, wenn sie es über den Fluss geschafft haben, hatten die bei ihren Raketenexperimenten bestimmt nicht bedacht. Sonst hätten sie es gar nicht erst ausprobiert. Die zwei sind von den vielen Mädchen auf einem Haufen jedenfalls total eingeschüchtert. Das ist wie mit Mäusen: Einzeln sind sie ja ganz niedlich, aber wenn man sich ganz viele davon dicht gedrängt auf einer sehr begrenzten Fläche vorstellt, sind die überhaupt nicht mehr süß.
Alex und Justin fehlt außerdem die Erfahrung im Umgang mit Mädchen. Im Gegensatz zu mir. Dabei kennen wir sogar die meisten Camp-Bewohnerinnen. Viele von denen gehen auf unsere Schule. Wobei »kennen« jetzt vielleicht zu viel gesagt ist. Ich antworte, wenn sie mich in der Pause etwas fragen,

und versuche ansonsten, jeden Kontakt zu vermeiden. Alex und Justin antworten nicht einmal, sondern flüchten sofort panisch in die am weitesten entfernte Ecke des Schulhofs, sobald sie von einem Mädchen angesprochen werden. Wirklich gut kennen tue ich eigentlich nur Lena.
Wo ist sie überhaupt?
Ich schaue mich nach ihr um und entdecke sie nach einer Weile etwas abseits von den anderen. Sie betrachtet mich misstrauisch, und deswegen ziehe ich meinen Schleier schnell noch enger um mein Gesicht. Die anderen Mädchen haben uns in der Zwischenzeit untergehakt und führen uns giggelnd zwischen den bunten Zelten hindurch zum Versammlungsplatz des Lagers. Das ist gar nicht so einfach, weil die Zelte so kreuz und quer stehen, dass man ständig Umwege laufen muss, um nicht über irgendwelche Stricke oder Schnüre zu stolpern. An den Spannseilen hängt nasse Mädchenwäsche zum Trocknen, und das ist noch ein guter Grund, einen weiten Bogen darum zu machen.

In der Mitte des Versammlungsplatzes steht eine Schaufensterpuppe, die mit coolen Klamotten geschmückt ist. Direkt dahinter ist die Hütte, die ich schon von dem kleinen Schlösschen aus gesehen habe. Die Wände und die Decke bestehen - ich schwöre! - aus leeren Pizzakartons, die irgendwer schwarz angepinselt hat. Vor der Hütte baumelt eine schwarze Hängematte, und in der liegt meine Schwester.
»Das ist Anti«, zischt mir eines der Mädchen ins Ohr. Sie weiß ja nicht, dass ich ihre Anführerin besser kenne, als mir lieb ist. »Sie ist hier die Chefin.«
»Aber keine Sorge«, flüstert ein anderes Mädchen, das sich bei mir untergehakt hat. »Anti ist prima!«
Uschi und Chantal stehen neben mir. Auch bei ihnen haben sich Mädels untergehakt. Wegen des Schleiers kann man nur ihre Augen sehen, und das ist gut so, da bemerkt niemand, dass sie jetzt bestimmt knallrote Wangen haben. So nah waren die beiden keinem weiblichen Wesen mehr, seit ihre Mutter sie abgestillt hat.

»Herzlich willkommen im Camp Chill-dich-out!«, begrüßt uns Anti. »Hier gibt es nur eine Regel, und wenn ihr die beachtet, kommen wir prima miteinander aus.«
»Welche Regel?«, frage ich mit Piepsstimme, damit mich meine Schwester hinter dem Schleier nicht erkennt.
»Ihr lasst mich in Ruhe, ich lasse euch in Ruhe. Das ist der Deal.«
Typisch Anti! Schiebt hier die ruhige Kugel, während ich auf der anderen Seite des Flusses gedrillt werde, bis der Sanitäter kommt.
»Und jetzt macht's euch gemütlich«, fährt Anti fort, die sich gar nicht dafür zu interessieren scheint, wo wir drei herkommen oder wie wir heißen. »Die Schleier könnt ihr übrigens ruhig abnehmen. Hier gibt's weit und breit keine Jungs, die euch sehen könnten.«

COOLMANs Vorschlag hat was. Trotzdem entscheide ich mich für eine andere Variante.
»Tut mir leid, aber unsere Glaubensgemeinschaft verbietet

uns das. Wir müssen den Schleier tragen! Immer!«, piepse ich mit heller Stimme. »Tag und Nacht!«
»Was ist denn das für 'ne komische Gesellschaft? Hab ich ja noch nie gehört«, erwidert Anti, die jetzt ebenfalls anfängt, mich misstrauisch zu beäugen. Genau wie Lena.
»Das ist ... das nennt sich ... also, wir gehören zu ...«, stottere ich, weil ich auf die Schnelle keine Idee für einen glaubwürdigen Namen habe.

»Schleiereulen! Wir sind Mitglieder der Glaubensgemeinschaft der Schleiereulen«, quatsche ich COOLMAN nach, weil mir auch nichts Besseres einfällt. »Die existierte schon zu der Zeit, als die Pyramiden gebaut wurden. Gibt aber nicht mehr so viele von uns, deswegen kennt die auch kaum noch jemand. Wir stehen quasi unter Naturschutz.«
»Schleiereulen?«, wiederholt Anti und zieht ihre Stirn kraus. Aber nur kurz, dann macht sie eine wegwerfende Handbewegung. »Von mir aus könnt ihr euch nennen, wie ihr wollt. Hauptsache, ihr macht hier keinen Ärger, der mich zwingen

würde, meine Hängematte zu verlassen. Dann werde ich nämlich sehr, sehr ärgerlich. Verstanden?«
Uschi und Chantal, die bis vor ein paar Minuten noch nicht wussten, dass sie strenggläubige Mitglieder der Schleiereulen-Gemeinde sind, nicken brav mit dem Kopf. Ich tue das auch, weil ich weiß, was passiert, wenn Anti sehr, sehr ärgerlich wird.
»Haaatschi!« Um ein Haar wäre mir beim Niesen mein Schleier verrutscht.
Das war knapp!
Die »Gesundheit«-Rufe der Mädchen gehen im Lärm eines Motors unter, der sich schnell nähert. Für eine Sekunde befürchte ich, Major Horst ist es gelungen, mit seinem Jeep doch irgendwie den Fluss zu überqueren. Aber dann ist es nur ein Lieferwagen, der sich auf einem Waldweg dem Camp nähert. Auf den Seiten steht mit großen Buchstaben: *Marios Pizza-Blitz.*
Dass das kein leeres Versprechen ist, merken Uschi, Chantal und ich spätestens, als Mario die Ladeklappe öffnet und fünfzig Pizzakartons und zwei Kästen Cola auf einer Sackkarre ins Lager rollt. Anti winkt dem Pizzaboten lässig mit der Hand, ohne sich von ihrer Hängematte zu erheben. Dann drückt sie einem der Mädchen ein Bündel Geldscheine in die Hand, um Mario zu bezahlen.
»Wo hat sie denn das ganze Geld her?«, frage ich ein braunhaariges Mädchen neben mir.
»Na, von unseren Eltern natürlich. Die bezahlen doch für

das Camp, und das nicht zu knapp«, erhalte ich zur Antwort, und das bringt mich ins Grübeln. Was macht Major Horst auf der anderen Seite des Flusses mit dem ganzen Vermögen, das er einspart, weil er uns nur Mockturtlesuppe vorsetzt?
Sammelt er das Geld, um sich einen neuen Panzer kaufen zu können?
Steckt Adolf Schmitz mit Justins Vater unter einer Decke? Zuzutrauen wäre es den beiden.
Fragen über Fragen, die ich schnell wieder vergesse, weil aus den Kartons der verführerische Geruch von frischer Pizza mit Tomatensoße, Mozzarella und Oregano strömt. Es ist genug für alle da, auch für Uschi, Chantal und mich. Sogar Laika kriegt etwas ab, eine Pizza, die mit Löwenzahnblättern belegt ist, und wenn das hier das Standardessen ist, kann Anti in ihrer Hütte bald eine zweite und dritte Etage einbauen.

Habt ihr schon mal versucht, verschleiert Pizza zu essen? Probiert es gar nicht erst. Das ist eine riesige Sauerei, denn der Käse und die Tomatensoße bleiben an dem Stoff des Schleiers hängen, wenn man versucht, sich die Pizza in den Mund zu schieben, ohne dabei seine Tarnung auffliegen zu lassen.
Zu fasten ist aber auch keine Alternative, weil ich trotz des Sandwiches immer noch Hunger habe. Uschi und Chantal geht es genauso, und ihre Schleier sind nach den ersten Bissen sogar noch verschmierter als meiner.

»Esst ihr jeden Tag Pizza?«, frage ich, nachdem ich die erste Hälfte von meiner verschlungen habe.
»Sieben Tage die Woche und am Sonntag zwei«, antwortet das braunhaarige Mädchen neben mir schmatzend.
»Habt ihr denn gar keine Angst wegen eurer Figur?«, hake ich nach, weil Mädchen doch sonst immer auf ihr Gewicht achten.
»Nö, wieso?«, erwidert die Braunhaarige verwundert und nimmt einen langen Zug aus der Colaflasche. »Wir trinken doch hier alle nur Cola light. Magst du auch einen Schluck?«
Während ich trinke, schaue ich mich um. Die Mädels hocken

alle eng beieinander, und mampfen zufrieden ihre Pizzas. Ein Lagerfeuer brauchen die hier gar nicht, weil das Camp Chill-dich-out an die örtliche Stromversorgung angeschlossen ist. Um den Versammlungsplatz hängt eine Girlande mit leuchtend roten Plastikherzen, und aus einer Lautsprecherbox ertönen dazu die schmachtenden Songs einer Boyband, die ich nicht kenne und auch nicht kennenlernen möchte.
Uschi und Chantal sitzen total verkrampft etwas rechts von mir zwischen zwei Mädchen. Ich kann an ihren Augen ablesen, wie sehr sie leiden. Ich wette, die zwei würden sich hundertmal lieber mit anderen Jungs prügeln, als hier und jetzt wehrlos einer Überdosis weiblicher Hormone ausgeliefert zu sein.
Dabei ist das die einmalige Gelegenheit, endlich zu erfahren, wie Mädchen so ticken und worüber die reden, wenn keine Jungs dabei sind. Das ist ja eines der letzten großen, ungelösten Geheimnisse dieser Erde.
Und wisst ihr was?
Es ist stinklangweilig.
Anti, Lena und die anderen Mädchen unterhalten sich die ganze Zeit nur über komplexe mathematische Gleichungen mit drei Unbekannten, mögliche Lösungen für den Klimawandel, die Reform des internationalen Bankensystems, den Nahostkonflikt und stellen Vermutungen an, wer den nächsten Friedensnobelpreis kriegt.
Gähn!
Kein Wort über Jungs, und wenn mich nicht alles täuscht,

sind Uschi und Chantal vor lauter Langeweile schon eingeschlafen. Vielleicht stellen sie sich aber auch einfach nur tot, um nicht mit den anderen Mädchen reden zu müssen.

»Sind bei euch in der Schule eigentlich auch ein paar so richtig süße Jungs, die nicht nur super aussehen, sondern auch wahnsinnig klug sind?«, frage ich scheinheilig mit meiner Piepsstimme und schaue neugierig in die Runde.
Die Mädchen, die gerade noch heftig über die Folgen der Polschmelze für das Weltklima diskutiert haben, schauen mich überrascht an. Dann fangen die Ersten an zu lachen, als hätte ich einen brillanten Witz gerissen.
»Die Jungs an unserer Schule sind die absoluten Vollpfosten«, erklärt eines der Mädchen aus meiner Parallelklasse nachsichtig. »Alle, ohne Ausnahme!«
»Aber zwei von denen toppen das sogar noch: Alex und

Justin!«, ruft ein anderes Mädchen dazwischen, und ich gebe zu, dass ich erleichtert bin, dass sie mich nicht genannt hat. Bei der Erwähnung ihrer richtigen Namen sind Uschi und Chantal aus ihrer Starre erwacht.

»Die beiden sind so blöd, die glauben, Kängurumütter hüpfen, um für ihre Babys Milchshakes zu machen«, ruft eines der Mädchen und lacht.

»Und wenn es eine Olympiade im Doofsein gäbe, würden die zwei die Goldmedaillen unter sich ausmachen«, kichert eine andere. »Uneinholbar, und zwar in allen Disziplinen!«

»Ich finde die beiden echt süß«, piepst Chantal, also Justin. »Vor allem den Justin. Der ist doch echt ein Supertyp!«

»Spinnst du, Alte? Der Alex, der ist voll schnuckelig, und clever ist der auch. Das sieht man doch auf den ersten Blick, dass der der Süßere ist«, widerspricht Uschi, also Alex, und erntet dafür mitleidige Blicke der anderen Mädchen.

»Quatsch, der Justin ist echt süßer!«

»Alte, der Alex ist ja wohl am süßesten!«

Die zwei streiten sich noch eine Weile, und ich hoffe, dass sie nicht auch noch anfangen, sich zu kratzen oder was Mädels sonst noch so machen, wenn sie sich zanken.

Inzwischen ist es dunkel geworden. Über uns leuchten die Sterne, hinter uns die Lampions, und von der anderen Uferseite klingen Volkslieder über den Fluss.

»Einen gibt es aber doch, der ist tatsächlich so was von süß!«, erklärt plötzlich eines der Mädchen und stößt Lena kichernd in die Seite. »Nicht wahr, Lena?«

Irrtum, COOLMAN. Die meinen mich!

Lena wird ganz rot, während die Mädchen anfangen, die zahllosen Vorzüge dieses Jungen aufzuzählen.

»Der ist so hübsch, der könnte auch als Model arbeiten.«

»Oder als Schauspieler!«

»Oder Fernsehmoderator!«

»Außerdem ist er so klug, der kriegt später bestimmt mal einen Nobelpreis.«

»Oder gründet eine Firma und wird Millionär.«

»Oder wird Bundeskanzler und sorgt für Frieden auf der ganzen Welt.«

»Und sportlich ist er auch, der könnte glatt in der Nationalmannschaft spielen.«

»Oder bei der Olympiade starten.«

»Oder drei Marathons am Stück laufen.«

»Und dabei ist er überhaupt nicht eingebildet. Kein Stück.«

»Sondern ganz natürlich geblieben.«

»Und so furchtbar nett, dass es fast schon wehtut, wenn man ihn nur ansieht.«

Die Mädels seufzen sehnsüchtig auf, alle außer Uschi und

Chantal, die gar nicht zugehört haben, sondern sich immer noch streiten, ob Alex oder Justin der süßere Junge ist. Während der Aufzählung meiner Vorzüge ist Lena noch röter im Gesicht geworden, genau wie ich. Aber bei mir kann man das zum Glück nicht sehen, weil ich ja immer noch den Schleier trage.
»Dieser Kai muss ja wirklich ein toller Hecht sein«, sage ich mit meiner Piepsstimme.
Die Mädchen starren mich an, als hätte ich gerade behauptet, Darth Vader wäre ein liebevoller Papa, der seinem Sohn jeden Abend eine Gutenachtgeschichte vorliest.
»Wieso denn Kai? Wer spricht denn von Kai?«, ruft eines der Mädchen überrascht.
»Der ist echt der letzte Loser!«, ergänzt ein anderes, und dass Lena hier nicht widerspricht, nehme ich ihr ein bisschen übel.
»Wir reden doch nicht von Kai! Wir reden von Carl-Philipp!«, erklärt die Braunhaarige und nimmt einen weiteren Schluck aus der Colaflasche.
Das mit Carl-Philipp muss ich erklären: Das ist so ein gestriegelter Schönling, der auch auf unsere Schule geht. Seinen Eltern gehört die größte Apotheke der Stadt, und wenn er nicht gerade beim Friseur oder im Sonnenstudio ist, schießt er als Stürmer in der Schulauswahl die spielentscheidenden Tore.
Ehe die Mädels ihr völlig überzogenes Loblied auf diesen Angeber fortführen können, ruft Anti plötzlich von ihrer

Hängematte aus: »In zehn Minuten wird das heiße Wasser abgestellt! Wer von euch vor dem Schlafengehen noch duschen will, sollte sich beeilen!«

Die Mädchen springen alle auf und rennen zu den Zelten, um sich ihre Handtücher und Shampooflaschen zu holen. Sogar Laika, die Ziege, macht sich auf den Weg zu der Gemeinschaftsdusche, die sich am Waldrand in einer Art Pavillon befindet.

Eine heiße Dusche habe ich lange nicht gehabt! Also stehe ich auch auf ... und setze mich sofort wieder hin, weil mir mit einem Schlag klar wird, dass es dort drüben mit Sicherheit keine Umkleidekabinen für Jungs gibt. Alex und Justin haben auch kein Interesse an einer Dusche. Das liegt aber weniger an den Mädchen, sondern daran, dass die zwei sowieso nicht so viel vom Waschen halten.

»Kommst du nicht mit duschen?«, fragt mich Lena.

»Äh, nein, das geht leider nicht, weil ... weil ...«, stottere ich. »... die Überzeugung unserer Schleiereulen-Gemeinschaft verbietet das.«

»Wieso das denn?« Lena starrt mich an, und da ist wieder diese skeptische Falte über ihrer Nase.

»Na ja, weil ja auch der Dreck ein Recht auf Leben hat, irgendwie. Den kann man doch nicht so einfach den Abfluss runterspülen. Der hat doch auch Gefühle.«

Ich sag mal so: Das ist so blödsinnig, das könnte auch von COOLMAN stammen.

Die Falte über Lenas Nase wird noch ein Stückchen tiefer.

Dann dreht sie sich um und läuft den anderen Mädchen hinterher zu den Duschen, weil sie das heiße Wasser nicht verpassen will.

»Wo sollen wir denn heute Nacht schlafen?«, frage ich Anti, die in ihrer Hängematte liegt und genau wie ich kein Interesse an einer Dusche zu haben scheint.

»Die zwei schlafen bei Jennifer und Lisa«, antwortet Anti und zeigt erst auf Uschi und Chantal und dann auf ein lilafarbenes Zelt. Alex und Justin starren sie an, als hätte Anti ihrien befohlen, die Nacht in einer Grube voll giftiger Schlangen zu verbringen.

»Und ich?«, frage ich, großes Unheil ahnend.

»Du übernachtest bei Lena«, erwidert Anti und zwinkert mir zu, als wenn sie Bescheid wüsste. »In ihrem Zelt müsste auch noch ein zweiter Schlafsack sein.«

Da sind COOLMAN und ich zur Abwechslung mal ganz einer Meinung.

»Gibt es nicht noch irgendwo ein Zelt, das leer steht? Unsere Überzeugung verbietet uns …«
»Nerv nicht, Kai!« Anti sieht mich streng an, und ich zucke ertappt zusammen.
»Was denn für ein Kai?«, fiepse ich mit der hellsten Stimme, zu der ich fähig bin.
»Noch ein Wort von dir, und ich lass euch alle drei auffliegen. Die Mädels werden euch mit ihren langen lackierten Fingernägeln in Stücke reißen, wenn die rauskriegen, dass ihr hier als Spione unterwegs seid.«
Anti hat mich in der Hand. Keine Ahnung, woher sie weiß, wer ich bin. Vielleicht spürt man so etwas innerhalb der eigenen Familie.
Während ich mich zu Lenas Zelt schleppe, ruft mir meine Schwester lachend hinterher: »Eigentlich solltest du mir dankbar sein, Bruderherz! Dafür habe ich was gut! Zehnmal Müll rausbringen mindestens!«

Wenn ich jetzt schon schlafen gehe, kann ich mich umziehen, ehe Lena aus den Duschen zurückkommt. Den Schleier lasse ich vorsichtshalber an, als ich mich tief in den Schlafsack verziehe. Ich drehe mich zur Seite und starre die Zeltwand an. Dann kommt Lena auch schon. Ich schaue mich nicht zu ihr um, als sie ins Zelt kriecht, sondern stelle mich schlafend. Lena ist ganz leise, weil sie mich nicht wecken will. Kurz darauf krabbelt sie in ihren Schlafsack, und das heißt, sie liegt jetzt nur noch eine Lineal-Länge von mir entfernt.

Ich wage es nicht, mich zu bewegen. Nicht einmal zu atmen traue ich mich. Wenn ich ganz starr liegen bleibe, verringert das die Gefahr, sie versehentlich zu berühren.

Nach einer halben Stunde ist Lena eingeschlafen. Das höre ich, weil sie leise vor sich hin schnarcht. Das klingt gar nicht unangenehm, sorgt aber trotzdem dafür, dass ich nicht schlafen kann. Das liegt allerdings auch an den Krämpfen, die ich habe, weil ich schon so lange bewegungslos in meinem Schlafsack liege. Irgendwann in der Nacht dreht Lena sich um, und ihr Arm landet auf meiner Schulter.
Das ist schön und schrecklich zugleich.
Schrecklich schön ist das.
Irgendwann dämmere ich dann doch weg und träume. In meinem Traum spielen Lena, Laika, Anti, Alex, Justin und MISTER HOT mit. Außerdem erfahre ich, was Adolf Schmitz bei Major Horst wollte und wie die nette alte Dame ihre Schulden an den Fiesling von der Bank bezahlen könnte. Leider habe ich den Traum am nächsten Morgen wieder vergessen.

9. Kapitel
Die Höhle ruft

Draußen geht gerade die Sonne auf, als ich von einem feuchten Kuss auf meine Wange geweckt werde.
»Lass das, Lena«, flüstere ich im Halbschlaf. »Ich will noch schlafen. Ich bin müde!«
Aber Lena hört nicht auf, sondern macht einfach weiter. Erst als ich mich umdrehe, sehe ich, dass es gar nicht Lena war, sondern Laika, die mich mit ihren Ziegenlippen vollgesabbert hat. Jetzt steht sie im Eingang des Zelts und knabbert genüsslich an meinem Schleier, weil da von gestern Abend noch die ganze Pizzasoße dranklebt.
Lena liegt auf der Seite und hat den Kopf auf ihren Arm gestützt. Aus ihren wunderschönen blauen Augen schaut sie mich ernst an.
»Ich kann das alles erklären ...«, stammele ich und rücke sicherheitshalber so weit von ihr weg, dass ich mit dem Rücken an die Zeltwand stoße. Dabei sickert das Tauwasser, das sich über Nacht draußen auf der Zeltbahn gebildet hat, durch den Stoff. Ich spüre, wie es mir eiskalt den Rücken runterläuft. Das könnte aber auch an Lenas Blick liegen.
»Hatschi!«

»Gesundheit, Kai!«, sagt Lena.
Dabei lächelt sie, und das macht mich noch nervöser. Das ist bestimmt nur ein Trick, um mich in Sicherheit zu wiegen. Gleich wird sie anfangen zu brüllen.
Das mit den Mädchenklamotten war vielleicht doch keine so gute Idee.

Lena lächelt immer noch. Doch das ist noch lange kein Grund, leichtsinnig Entwarnung zu geben. Ich weiß nicht, was sie im Schilde führt, aber ich bin mir sicher, dass es nichts Gutes ist.
»Schrei doch endlich! Weck sie alle auf, damit sie sich auf mich stürzen können«, brülle ich Lena an, weil ich die Spannung nicht mehr aushalte.
Aber Lena schreit nicht, sondern lächelt einfach weiter, und das ist viel schlimmer als die schlimmste Folter. Ihr Lächeln

macht mich fix und fertig, und ehrlich gesagt würde ich es tausendmal vorziehen, wenn mich die Mädels hier im Camp endlich mit ihren langen lackierten Fingernägeln in Stücke reißen würden.

Das würde mein Leiden beenden.

Doch Lena lächelt und lächelt und lächelt, und erst als ich mit meinen Nerven restlos am Ende bin, öffnet sie den Mund und haucht: »Das hast du alles nur meinetwegen getan, nicht wahr?«

Es dauert eine Weile, bis ich kapiere, was sie da gerade gesagt hat, weil ich ja eigentlich mit einem schrillen, entsetzten Schrei gerechnet hatte.

»Hast du doch, oder?« Lena lässt nicht locker.

Ich nicke nur, immer noch unfähig, auch nur ein Wort zu sagen. Zu überwältigend ist meine Freude, dass ich noch einmal mit dem Leben davongekommen bin.

»Das Kleid und den Schleier, die hast du nur angezogen, um in meiner Nähe zu sein, stimmt doch?«

Ich nicke.

»Weil du es nicht ausgehalten hast, die Ferien von mir getrennt zu sein, oder?«
Ich nicke.
»Weil du mich so liebst wie nichts sonst auf dieser Welt. Dafür hast du sogar auf deinen Tunesienurlaub verzichtet. Da wolltet ihr doch hin, du und deine Eltern, nicht wahr?«
Ich nicke.
Mehr brauche ich nicht. Lena liefert mir da gerade eine Eins-a-Entschuldigung für meine Kostümierung. Dass das nicht so ganz der Wahrheit entspricht, muss sie ja nicht wissen. Warum sollte ich sie auch unnötig enttäuschen? Ich sehe doch, wie sehr sie sich freut, dass ich mir so viel Mühe gegeben habe, nur um in ihrer Nähe zu sein.
»Alles nur für mich!«, fährt Lena fort und seufzt glücklich. »So viel Mühe hat sich noch nie jemand für mich gemacht!«
»Ach, das war doch gar nichts. Kleinigkeit«, murmele ich bescheiden.
»Das war überhaupt keine Kleinigkeit! Die anderen Mädchen hätten dich mit ihren langen lackierten Fingernägeln in Stücke gerissen, wenn sie dich erwischt hätten. Du hast dein Leben für mich riskiert!«, erklärt Lena feierlich, und das überzeugt mich endgültig, dass es klüger ist, ihr nicht zu widersprechen.
Lena dreht sich um und kramt in ihrer Reisetasche. Als sie sich wieder mir zuwendet, hat sie einen roten Schal in der Hand.
»Hier! Das ist mein Lieblingstuch. Für deine Tarnung«, sagt

sie und reicht mir das Stofftuch. Meinen Schleier hat Laika nämlich in der Zwischenzeit mitsamt den Pizzaresten komplett verspeist.
Ich nehme das Tuch und binde es mir so um den Kopf, dass nur noch meine Augen herausschauen. Es riecht nach Vanille. Es riecht nach Lena, und das lässt mich für einen Moment ganz schwindelig werden.

Da ist was Wahres dran. Ich gebe es nicht gern zu, aber es stimmt, was er sagt. Wenn ich weiter in Mädchenklamotten herumlaufe, wird Lena mich nie respektieren. Dann bin ich für sie nur ein schnuckeliger Ersatz für Schnüffi, ihr Kaninchen, das mein Vater versehentlich überfahren hat, wovon Lena zum Glück bis heute nichts weiß.

»Soll ich dir etwas richtig Tolles zeigen?«, frage ich Lena daher. »Das ist total romantisch.«

»Was denn?«, fragt sie neugierig.

Ich muss dreimal niesen, bevor ich antworten kann, und weil ich kein Taschentuch habe, bleibt mir nichts anderes übrig, als in ihren Lieblingsschal zu schnäuzen. Lena scheint das überhaupt nichts auszumachen, und das ist - schätze ich - ein echtes Zeichen für wahre Liebe.

»Ich habe auf der anderen Seite des Flusses eine Höhle entdeckt. Die könnten wir zusammen erforschen«, schlage ich ihr vor, weil es hier in der Gegend keine unentdeckten Kontinente, Berggipfel oder Drachen gibt.

»Höhle?«, fragt Lena und versucht dabei, sich ihre Enttäuschung nicht allzu sehr anmerken zu lassen. Irgendwie scheint sie etwas Romantischeres erwartet zu haben.

»Ich glaube, da war vor uns noch nie jemand. Wir wären die Ersten, und wenn wir Glück haben, nennt man die später die Kai-Baumann-Höhle ... oder die Lena-Stolze-Höhle«, korrigiere ich mich schnell, weil Lena mir so einen komischen Blick zugeworfen hat und ich mich nicht mit ihr über den zukünftigen Namen der Höhle streiten möchte, die *ich* entdeckt habe. »Ist ja auch völlig egal, wie die später mal heißen wird.«

»Lena-Stolze-Höhle klingt gut.« Lena dreht mir den Rücken zu, um irgendetwas in ihrer Reisetasche zu suchen.
Das dauert.
»Lass doch! Deine Schminksachen brauchst du gar nicht. Das ist eine Höhle, die ist stockdunkel. Da sieht man überhaupt nicht, ob du Lippenstift trägst oder nicht«, sage ich. Mädchen gehen doch nie irgendwohin, ohne sich vorher zwei Stunden das Gesicht anzumalen.
Lena sieht mich an, und dabei erscheint wieder diese Falte über ihrer Nase.

»Ich suche nach einer Taschenlampe«, erwidert Lena und wühlt weiter zwischen ihren Klamotten.
»Ähh, das war ja auch nur ein Witz«, sage ich und lache übertrieben laut. »Hahaha! Ich habe natürlich nicht wirklich geglaubt, dass du da gerade nach deinem Lipgloss kramst oder nach einem Kajalstift oder Nagellack oder Wimperntusche oder Rouge oder ...«
»Tu mir einen Gefallen, Kai, und halt einfach mal für einen Moment die Klappe, damit ich hier in Ruhe suchen kann«, unterbricht mich Lena, ohne sich nach mir umzusehen, und so, wie sie das sagt, ist es wahrscheinlich klüger, tatsächlich einfach mal die Klappe zu halten.

COOLMAN irrt sich gewaltig. Ich finde, man kann ruhig auch mal die Klappe halten. Gerade als Pärchen kann es sehr

schön sein, wenn man eine Weile zusammen schweigt, ohne dass die Stille unangenehm wird.
Deswegen schaue ich Lena stumm zu, bis sie endlich ihre Taschenlampe in die Höhe hält, als wäre es die Fackel der Freiheitsstatue.
»So, jetzt kann's losgehen!«, erklärt sie und krabbelt vor mir aus dem Zelt. Ich folge ihr, und kurz darauf stehen wir beide im taunassen Gras. Das Tal liegt still vor uns, weil die Mädchen alle noch schlafen und die Jungs schon seit mindestens zwei Stunden beim Frühsport sind. Das ist gut, da kommen wir unbemerkt auf die andere Seite.
Ich bin bereits auf dem Weg Richtung Kanu, als Lena mich plötzlich am Kleiderärmel festhält und auf einen Zettel zeigt, den irgendwer mit vier Haarnadeln an die Zeltwand gepinnt hat. In krakeliger Handschrift steht darauf geschrieben:

> Hallo Kai, wir habben mit dem Kanu wider rüber gemacht zu Major Horst, echt Alder. Voll die Überdossis an Weibern hier. Da laufen wir lieber jeden Morgen nen doppelten Maraton, als noch eine Nacht mit Lockenwigglern in nem Mädchenzeld zu verbringen. Unsere Sachen stinken immer noch voll nach Parfümm. Läb woll Alder!
> ~~Uschi und Chantal~~ Alex und Justin
> PS: Hüte dich vor den Amazonasen!

Für eine Nachricht von Alex und Justin hat der Text erstaunlich wenig Rechtschreibfehler. Dennoch bleibt mir völlig

schleierhaft, wieso ich mich vor den Amazonasen hüten soll und wer zum Teufel das überhaupt ist.
»Weißt du, was diese Nachricht bedeutet?«, frage ich Lena.
»Dass Uschi und Chantal deine Kumpel Alex und Justin waren?!« Jetzt ist es Lena, die übertrieben laut lacht. »Die sind als Mädchen ja genauso blöd wie als Jungs.«
Ich überhöre die spitze Bemerkung gegen meine einzigen Freunde, weil sich unsere Lage mit einem Schlag dramatisch verschlechtert hat.
»Das bedeutet, dass das Kanu weg ist!« Und damit meine Chance, Lena zu beweisen, dass ich auch in einem Kleid mit Schmetterlingsmuster ein echter Kerl bin. »Wie sollen wir denn jetzt auf die andere Seite kommen?«
Lena lächelt mich nachsichtig an und holt einen Schlüssel aus der Tasche.
»Natürlich über die Brücke. Wie denn sonst?!«
Auf dem Weg zu dem Tor, das die Jungen von den Mädchen trennt, erzählt mir Lena, dass alle Mädchen einen Schlüssel haben.
»Wir sind hier ja nicht im Gefängnis«, sagt Lena, als sie mit dem Schlüssel das Vorhängeschloss aufschließt. »Oder ist das drüben bei euch so eine Art Knast?«
So, wie sie das sagt, kann ich heraushören, dass sie nicht den blassesten Schimmer hat, wie das Leben unter Major Horst im Camp Kinderglück wirklich aussieht. Dagegen wäre eine Woche im Knast der reinste Kuraufenthalt.
Als Lena hinter mir wieder abschließt, schaue ich hoch zu

dem kleinen Schlösschen, das über dem Tal thront. Auf der Terrasse macht ein rosa Morgenmantel gerade Kniebeugen. Es freut mich, dass die nette alte Dame noch so fit ist, am frühen Morgen ein paar Gymnastikübungen zu machen. Erst auf den zweiten Blick erkenne ich, dass Adolf Schmitz in dem rosa Morgenmantel steckt. Was das bedeutet, möchte ich mir lieber gar nicht vorstellen. Aber dem alten Herzensbrecher traue ich alles zu.

»Wo sind denn die ganzen Katzen?«, reißt Lena mich aus meinen Gedanken.

»Was denn für Katzen?«, frage ich irritiert.

»Na, die, die das viele Futter hier gefressen haben.« Lena zeigt auf die leeren Mockturtlesuppen-Dosen, die sich am Rande des Jungslagers zu einem riesigen Haufen auftürmen.

Das werde ich ganz bestimmt nicht tun. Lena liebt Tiere.

»Das ist unser Essen«, erwidere ich, weil ich Lena nicht noch mehr anlügen möchte.

Lena schaut mich an, als würde ich auch Innereien, Kalbshirn und Rinderzunge essen, und der Gedanke scheint ihr überhaupt nicht zu gefallen.

»Das ist unser Essen ... für die Lemminge«, korrigiere ich mich schnell. Keine Ahnung, warum mir ausgerechnet jetzt Lemminge einfallen. »Justins Vater hat die gezüchtet.«

»Lemminge? Und wo sind die?«, will Lena wissen.

»Die Lemminge? Ja, die haben sich leider vorgestern alle gemeinsam in den Fluss gestürzt und sind ertrunken.«

»Alle?« Lena schaut mich geschockt an.

»Alle! Sind halt Lemminge, da kann man nichts machen«, sage ich und zucke bedauernd mit den Schultern.

Ehe Lena weiterfragen kann, nehme ich ihre Hand und ziehe sie schnell zwischen den sauber im Kreis aufgestellten Zelten zum Waldrand. Wenn mich nicht alles täuscht, müssten die Jungs ihren Morgenmarathon bald beendet haben und gleich hier auftauchen. Da will ich nicht, dass sie mich so sehen. Nicht in dem Kleid und nicht in Begleitung eines Mädchens.

Wobei ich gar nicht sicher bin, was von beidem peinlicher wäre.

»Was ist denn hier passiert?«, fragt Lena, als wir durch den Wald laufen. »Wo kommen die vielen roten Flecken her?«

Es stimmt. Im ganzen Wald gibt es kaum einen Baum, den es bei unserem Paintball-Spiel nicht erwischt hat.

Diesmal erzähle ich ihr lieber gleich die Wahrheit.

»Mädchen wäre das nicht passiert«, erklärt Lena, als ich ihr von dem legendären Paintball-Match und meinem ruhmreichen Sieg berichtet habe.
»Schon klar, weil ihr sowieso kein Paintball spielt«, erwidere ich nachsichtig lächelnd.
»Nein, weil wir nicht so oft danebenschießen würden«, erklärt Lena und streicht zärtlich über einen rot befleckten Stamm. »Armer Baum!«

Da bin ich doch ganz froh, dass ich damals *nur* gegen Major Horst kämpfen musste und nicht gegen einen Haufen zielsicherer Amazonen aus dem Mädchencamp.
»Amazonen! Alex und Justin meinten Amazonen!«, rufe ich aus, denn plötzlich ist mir klar geworden, vor wem die beiden mich mit ihrem Hinweis auf die Amazonasen warnen wollten.

Lena sieht mich verständnislos an.
»Amazonen! Diese kriegerischen Bräute, die sich ihre rechte Brust abgeschnitten haben, damit die beim Bogenschießen nicht im Weg ist«, erkläre ich Lena. Über die habe ich mal eine Doku auf ProSieben gesehen, und das hat mich damals schwer beeindruckt.
»Ich weiß, wer die Amazonen waren«, erwidert Lena. »Aber was, bitte schön, sollten die beiden Pappnasen sonst gemeint haben? Sag bloß, du kapierst das erst jetzt?«
Die Falte über ihrer Nase ist wieder da und sogar noch ein gutes Stück tiefer geworden.
»Klar war mir das klar! Was sollten sie denn sonst gemeint haben?!«, lüge ich. »Von Anfang an war mir das klar.«
Und weil die Falte mittlerweile die Ausmaße eines Canyons hat, schiebe ich hinterher: »Da vorn ist auch schon die Höhle! Komm, ehe sie noch jemand vor uns entdeckt.«
Ich laufe schnell los, in der Hoffnung, dass Lena bald außer Atem ist und deswegen keine weiteren Fragen über Lemminge und Amazonen stellen kann. Ist sie aber nicht. Sie hält locker mit, und der Einzige, der hier keucht, bin ich.
»Ist es noch weit?«, erkundigt sie sich mit einer Stimme, die klingt, als säße sie gemütlich in einem Liegestuhl und würde nicht neben mir durch den Wald hetzen.
»Nein«, keuche ich atemlos, »wir sind gleich da!«
Das ist glücklicherweise die Wahrheit, denn lange hätte ich das Tempo bestimmt nicht mehr durchgehalten. Aber das liegt nur an dem schrecklichen Schnupfen, den ich mir ein-

gefangen habe. Hätte ich keine Erkältung, wäre ich derjenige von uns beiden, der alle zehn Meter auf den anderen warten muss.

10. Kapitel
Ich habe keine Angst im Dunkeln

Wir stehen vor dem düsteren Eingang der Höhle, und ich bin überhaupt nicht mehr sicher, ob das mit der Ersterkundung so eine gute Idee war. Es ist wirklich ziemlich dunkel dort drinnen, und eigentlich kann die Höhle von mir aus später heißen, wie sie will, solange ich da nicht reinmuss. Nur weil ich beim letzten Mal keine abgenagten Knochen auf dem Höhlenboden gefunden habe, beweist das noch lange nicht, dass da drinnen nicht doch irgendwelche hungrigen Bären oder Wölfe lauern.

Lena schaltet die Taschenlampe ein. Sie leuchtet in die dunkle Öffnung vor uns und lässt dabei den Lichtkegel an den Wänden entlanghuschen. Keine Spur von Bären oder Löwen. Aber auch das beweist gar nichts.

»Worauf warten wir noch?!« Lena macht eine einladende Handbewegung, der ich aber nicht folge.

Ich bin ja nicht blöd.

»Oder hast du etwa Schiss?«, fragt sie und grinst mich herausfordernd an.

»Natürlich nicht, wie kommst du denn darauf?«, erwidere ich mit fester Stimme. »Aber sollten wir nicht lieber erst noch ein langes Seil holen? Damit wir uns da drinnen nicht verlaufen?«

Lena greift in ihre Tasche und zieht eine dicke Rolle Nähgarn hervor.

»Habe ich immer dabei.« Lena wirft mir die Rolle zu. »Du musst nur den Faden hier draußen irgendwo festknoten, dann finden wir immer wieder zurück.«

Ich verlasse mich lieber auf meine eigenen Knoten und knüpfe das Garn an dem Brombeerbusch fest, der direkt neben dem Eingang wächst.

Dann folge ich Lena, die die Höhle bereits betreten hat. Mit dem Licht ihrer Taschenlampe erkundet sie den hinteren Bereich, und wie ich schon bei meinem ersten Besuch geahnt hatte, gehen dort tatsächlich drei Gänge ab.

»Welchen sollen wir nehmen?«, fragt Lena.

»Keinen«, würde ich am liebsten antworten, aber das darf ich nicht. Sonst hält sie mich noch für einen Feigling. Deswegen sage ich: »Lass uns zurück ins Camp und in Ruhe überlegen. So eine wichtige Entscheidung sollte man nicht leichtfertig treffen.«

Lena lacht, weil sie meine Bemerkung für einen Witz hält. Das ist gut. Mädchen mögen Jungs, die sie zum Lachen bringen. Schlecht ist, dass Lena zielstrebig auf den rechten Stollen zugeht.

»In Gefahr und großer Not bringt der Mittelweg den Tod«, verkündet sie, dann ist sie auch schon in dem Gang rechts außen verschwunden.

COOLMAN klammert sich an mein Kleid, und ich halte mich an Lenas fest.

»Aua! Was soll das, Kai?«, fragt Lena, die so plötzlich stehen geblieben ist, dass ich ihr in die Hacken trete.
»Ich will nur sichergehen, dass wir uns hier unten nicht verlieren und du vor Angst dann wahnsinnig wirst«, erkläre ich Lena fürsorglich.
»Dann gib mir deine Hand, aber hör auf, an meinen Sachen zu zerren.«
Lena greift nach meiner Hand und steigt völlig ziellos immer tiefer in das Höhlensystem hinab.
»Guck mal!« Lena ist wieder stehen geblieben. »Aua! Pass doch auf, Kai!«
»Tut mir leid«, nuschele ich, obwohl ich überhaupt nichts dafür kann, wenn sie immer so plötzlich anhält. Da kann ich gar nicht anders, als ihr in die Hacken zu treten.
»Ist das nicht Wahnsinn?!«, flüstert Lena, die mit ihrer Taschenlampe die Wände anstrahlt. Auf den Felsen sind Zeichnungen zu sehen: Mammuts, Säbelzahntiger und ein Strichmännchen, das einen Stein in der Hand hält. Wahrscheinlich der Medizinmann der Steinzeitmenschen, die das hier vor Tausenden von Jahren an die Wand gepinselt haben.

»Die Zeichnungen sind bestimmt schon uralt«, flüstert Lena weiter, weil sie von den Bildern genauso überwältigt ist wie ich.

»Was hat der Mann da in der Hand?«, flüstere ich zurück und zeige auf den Medizinmann.

»Sieht aus wie ein Steinzeit-Handy«, erwidert Lena.

»Die hatten doch damals gar keinen Empfang.«

»Wirklich?! Das wusste ich ja gar nicht ...«

Ich ignoriere Lenas spöttische Bemerkung, denn ich habe plötzlich eine phantastische Idee. Wenn es in der Höhle erst mal vor Wissenschaftlern wimmelt, die diese prähistorischen Zeichnungen erforschen, dann kann sich der schmierige Banker seine Skihalle abschminken. Dann steht das hier nämlich bald alles unter Denkmalschutz. Und wenn die Wissenschaftler weg sind, kommen die Touristen, und dann kann die nette alte Dame Eintritt für ihr Tal verlangen und damit ihre Schulden bezahlen, und alles wird gut.

Mir wird richtig warm ums Herz, obwohl es hier unten ziemlich kalt ist.

»Lass uns gucken, ob wir noch mehr Bilder finden«, sagt Lena und geht weiter.

Manchmal müssen wir ein bisschen klettern, weil uns Felsbrocken den Weg versperren, und manchmal auf allen vieren kriechen, weil die Stollendecke so niedrig ist. Zeichnungen finden wir keine mehr, aber dafür sind die Steinwände rechts und links jetzt von glitzernden Adern durchzogen, die funkeln, wenn das Licht der Taschenlampe auf sie fällt. Auch die Steine auf dem Boden glänzen so schön silbrig, dass ich nicht widerstehen kann und mir ein paar davon einstecke.

Die meiste Strecke des Weges lässt sich erstaunlich bequem gehen. Es ist aber nie so breit, dass man nebeneinanderlaufen könnte. Ich finde das nicht schlimm, solange ich nicht derjenige bin, der vorangehen muss.
Aber was soll uns schon groß passieren? Ich habe die Garnrolle in der Hand, und da ist noch jede Menge Faden drauf. Dem brauchen wir am Schluss nur zu folgen, und schwuppdiwupp sind wir auch schon wieder draußen. Es ist wirklich

bemerkenswert, wie viel Faden auf diese Rolle passt. Wir sind schon eine ganze Weile unterwegs, und eigentlich müsste die Rolle schon deutlich dünner sein. Umso besser, dann brauche ich mir wenigstens keine Sorgen zu machen, dass das Garn irgendwann ausgeht.

»Du brauchst keine Angst zu haben, ich bin bei dir«, versuche ich Lena zu beruhigen. »Aber wenn du trotzdem lieber umkehren willst, begleite ich dich natürlich sofort nach draußen.«

Lena reagiert mit keinem Wort auf mein großzügiges Angebot, weil sie vor uns eine Grotte entdeckt hat. In der Mitte des unterirdischen Gewölbes hat sich ein See gebildet, aus dem Blasen mit heißen und bestimmt auch giftigen Gasen an die Oberfläche steigen. Der Teich blubbert wie ein Topf mit kochender Erbsensuppe. Darüber hängen Stalaktiten von der Decke herunter. Oder sind es Stalagmiten? Wir haben in der fünften Klasse in Erdkunde durchgenommen, was der Unterschied zwischen den beiden ist, aber ich habe das schon damals immer verwechselt. Da geht es mir genauso wie mit den verschiedenen Blumensorten, die verwechsele ich auch ständig.

Ich stehe unter einem von diesen Dingern, also wird es wohl ein Stalaktit sein. Zumindest, wenn COOLMAN sich nicht irrt. Sicherheitshalber trete ich einen Schritt zur Seite und ziehe auch Lena aus der Gefahrenzone.

»Wow! Guck dir das an! Und wir sind die Allerersten, die das zu sehen bekommen!«, schwärmt Lena und lässt den Strahl der Taschenlampe über die Decke gleiten. Da oben hängen Tausende von den Dingern, die im Lichtschein grünlich weiß schimmern.

»Danke, Kai«, haucht sie. »Danke, dass du mich mitgenommen hast. In meinem ganzen Leben habe ich noch nie etwas so Schönes gesehen.«

»Ich wusste, dass es dir gefallen würde«, erwidere ich cool. »Aber wir sollten jetzt besser wieder gehen, den Batterien geht der Saft aus.«

Das ist die Wahrheit. Man kann dabei zusehen, wie der Lichtstrahl von Sekunde zu Sekunde schwächer wird.

»Weißt du was, Kai?«, fragt Lena. »Wir werden sie *Stolze-Baumann-Höhle* nennen. Einverstanden?«

»Einverstanden«, erwidere ich, obwohl ich *Baumann-Stolze-Höhle* besser fände. Aber ich will mich nicht mit ihr streiten. Das Einzige, was ich will, ist, hier rauszukommen, bevor sich die Batterien der Taschenlampe endgültig verabschieden.

»Dann lass uns dem Faden zurück nach draußen folgen«, erklärt Lena, und das braucht sie mir nicht zweimal zu sagen. Ich ziehe an dem Garn und wundere mich noch, weil da gar keine Spannung drauf ist, als ich kurz darauf auch schon das Ende des Fadens in der Hand halte. Das Ende, das eigentlich draußen vor der Höhle an dem Brombeerbusch festgebunden sein sollte.

»Äh, ich befürchte, wir haben da ein kleines Problem«, versuche ich Lena vorsichtig auf die katastrophale Nachricht vorzubereiten.
»Was ist denn los?«, fragt Lena und leuchtet mich mit ihrer Taschenlampe an. Ich brauche es ihr nicht mehr zu erklären, weil sie es im Licht der Lampe selbst sieht: Es gibt keinen Faden, dem wir folgen können, um schwuppdiwupp wieder draußen zu sein.
»Kannst du dich erinnern, durch welchen Gang wir gekommen sind?«, fragt Lena gefasst, und dass sie jetzt keinen Wutanfall bekommt und mich nicht mit Vorwürfen überschüttet, zeigt, dass sie das tollste Mädchen der ganzen Schule ist. Ich schüttele schuldbewusst den Kopf, und Lena lässt den schwachen Lichtkegel an der Felswand hinter uns entlanggleiten. In der Wand sind die Eingänge zu drei verschiedenen Stollen, und ich habe nicht die geringste Ahnung, durch

welchen wir die Grotte betreten haben. Und selbst wenn, dahinter wären wieder drei Gänge und dahinter auch und dahinter und so weiter und so fort ...

Super, COOLMAN! Du bist wirklich eine große Hilfe.
Jetzt wisst ihr, warum ich mit Lena in der Höhle hocke und alle Hoffnung aufgegeben habe, jemals wieder das Licht der Sonne zu erblicken.

ENDE DER ZEITREISE,
WILLKOMMEN IM HIER UND JETZT

»Und dieser nervige Typ ist immer da?«, fragt Lena, und damit ist natürlich COOLMAN gemeint. Während ich ihr meine Geschichte erzählt habe, hat sie aufgehört zu weinen und sich an mich gekuschelt, weil ihr genauso kalt ist wie mir. Nun lehnt sie im Dunkeln an meiner Schulter, und ich traue mich sogar, meinen Arm um sie zu legen. Und das Beste ist: Sie lässt es zu.

»Immer«, antworte ich.
»Jetzt auch?«
»Klar! Aber COOLMAN nervt ja nicht nur. Ab und zu hilft er mir auch mit seinen Tipps.«
»Das klang in deiner Erzählung eben aber ganz anders«, erwidert Lena. »Für mich hörte sich das eher so an, als wäre der Kerl eine schreckliche Nervensäge.«
»So kann man das nicht sagen«, verteidige ich COOLMAN. »Manchmal ist er sogar richtig nett.«
»Und was macht er jetzt gerade? Sagt er irgendwas?«
»Nein, er schweigt beleidigt, weil ich dir von ihm erzählt habe.«
»Immerhin erklärt das einiges.«
»Was denn?«
»Na ja, warum du dich manchmal so komisch benimmst. Ich dachte schon, du wärst ...«
Lena braucht es nicht auszusprechen. Ich weiß, was sie dachte.
Schön, dass das Missverständnis geklärt ist.
Schade, dass es mir nicht mehr viel nützen wird.
Lena und ich werden hier unten elendig verhungern, wenn uns nicht vorher schon die giftigen Gase aus dem stinkenden Tümpel den Garaus machen.
»Schade, dass wir zwei so viel Zeit verschwendet haben«, sagt Lena nach einer Weile.
»Stimmt, wir hätten direkt wieder aus der Höhle verschwinden sollen. Oder, noch besser, gar nicht erst reingehen.«

»Das meine ich nicht«, erwidert Lena ganz ruhig. »Ich meine, dass wir uns immer wieder zerstritten haben, wenn wir gerade zusammen waren. So wie damals, als du auf der Kostümparty versehentlich Anna, die Tulpe, geküsst hast. Oder als du den armen kleinen Lord zu Unrecht verdächtigt hast, Admiral Nelsons Hut geklaut zu haben.«
»Oder wie ich in dem Berliner Kino für unseren Kurzfilm mehr Applaus bekommen habe als du. Und wie ich dann den Ring zurückverlangen musste, den ich dir geschenkt hatte, weil mir die Mafia sonst den linken kleinen Finger abgeschnitten hätte.«
»Ach, deswegen! Das wusste ich gar nicht«, sagt Lena. »Ich dachte, du wolltest ihn Anna schenken.«

»Oder die Sache mit Schnüffi, deinem Kaninchen«, plappere ich COOLMAN nach.
»Was ist denn mit Schnüffi?«, fragt Lena.
»Den hat mein Vater überfahren. Aber das war ein Unfall.«
Ich finde, es ist eine gute Zeit, ihr endlich die Wahrheit zu sagen. Wann, wenn nicht jetzt, wäre der perfekte Moment,

um reinen Tisch zu machen? So als eine Art letzte große Beichte, um mit reinem Gewissen abzutreten.
»Der gute Schnüffi«, seufzt Lena.
»Er hat überhaupt nicht gelitten, und ein wunderschönes Begräbnis hatte er auch. Ich habe sogar extra ein Gedicht für ihn gemacht. Willst du es hören?«
Lena nickt.

»Armer kleiner Hase,
liegst nun unterm Grase.
Bleibst ab jetzt für immer stumm,
bitte nimm uns das nicht krumm.
Im Hasenhimmel findest du
deine letzte Hasenruh.
Dort gibt's jeden Tag Salat
und sonntagmittags auch Spinat.«

Lena wischt sich eine Träne aus dem Augenwinkel. Diesmal werden Lena und ich uns nicht trennen. Diesmal bleiben wir zusammen, bis dass der Tod uns scheidet, wie man so schön sagt. Obwohl *schön* hier wahrscheinlich nicht ganz der passende Ausdruck ist.
»Es tut mir leid«, sage ich.
»Braucht es nicht«, erwidert Lena.
Und dann sitzen wir schweigend im Dunkeln und lauschen den giftigen Blasen, die an der Wasseroberfläche des Tümpels vor uns zerplatzen.

Die Luft ist wirklich nicht gut hier unten, und ich merke, wie ich immer müder werde. Ich muss gähnen, und es kann nicht mehr lange dauern, dann bin ich eingeschlafen. Lena geht es ähnlich. Das spüre ich an ihren Atemzügen. Und eigentlich ist das eine ganz angenehme Vorstellung, so gemeinsam wegzudämmern und einfach nicht mehr aufzuwachen.

Es ist dann aber gar nicht COOLMAN, sondern etwas völlig anderes, was mich und Lena plötzlich aufweckt.
Die ganze Grotte erstrahlt mit einem Mal im Licht von Dutzenden bunter Scheinwerfer. Vielleicht sind Lena und ich schon tot und jetzt im Himmel?

Seltsam ist nur, dass die dort für ihre Lichteffekte stinknormale Lampen brauchen. Die befinden sich gut versteckt zwischen den Stalaktiten. Und die Stimme, die jetzt spricht, hört sich auch nicht so an, als gehörte sie Gott, Jesus oder sonst irgendwem, der da oben was zu sagen hat.
Ich kenne die Stimme, die gerade stolz verkündet: »Und nun der Höhepunkt: die berühmte grüne Grotte. Genießt die kleine Vorführung, die ich für euch vorbereitet habe.«
Im selben Moment dröhnt aus verborgenen Lautsprechern ein Militärmarsch, und rechts und links explodiert Pyrotechnik. Es sind auch ein paar Feuerwerksraketen und Blendgranaten dabei, die mit ihrem gleißend grellen Licht sogar die Scheinwerfer übertreffen.
»Wo sind wir?«, fragt Lena verwirrt und hält sich die Hände vor die Augen, um nicht geblendet zu werden.
»Vielleicht im Himmel«, antworte ich, weil es dort ja eventuell wirklich nicht so hübsch ist, wie alle sagen. Könnte doch sein, oder?
»Glaub ich eher nicht«, antwortet Lena und zeigt auf die Jungs aus dem Camp, die neben Major Horst auf der gegenüberliegenden Seite der Grotte stehen und das Spektakel mit offenen Mündern bestaunen.
»Guck mal, Alter! Da ist Kai!«, ruft Alex, als er mich und Lena entdeckt hat.
»Und der hat echt immer noch das Kleid an!«, brüllt Justin, denn im Gegensatz zu mir tragen die beiden längst wieder ihre normalen Klamotten.

Okay, das mit dem Himmel kann ich endgültig abhaken, denn ich glaube nicht, dass Alex und Justin dort Zugang hätten, und bei Major Horst bin ich mir ebenfalls ziemlich unsicher. Die Hölle ist es aber auch nicht, dazu ist es hier unten viel zu kalt.

Wenn es aber weder der Himmel noch die Hölle ist, kann das nur eines bedeuten: Lena und ich sind noch am Leben! Wir fallen uns in die Arme und küssen uns, während die Explosionen um uns herum kein Ende nehmen. Es ist wie in einem kitschigen Hollywoodfilm. Bei diesen Liebesschnulzen geht beim Happy End über dem Liebespaar doch auch immer ein Feuerwerk los.

Ja, müssen wir, und es ist mir auch völlig egal, ob uns alle dabei zuschauen oder nicht. Tun sie natürlich. Das weiß ich, denn von der anderen Seite des Tümpels ertönt lautes Klatschen, Johlen und Pfeifen.

»Hat dein COOLMAN gerade was gesagt?«, fragt Lena, als wir eine kurze Kusspause machen, um Atem zu holen.

»Kein Wort«, lüge ich, weil ich etwas Besseres zu tun habe, als zu reden.

11. Kapitel
Jacht in Sicht!

Auf dem Rückweg nehmen wir eine andere Route als die, die wir gekommen sind. Der Gang ist gut ausgebaut, und rechts und links gibt es sogar ein Geländer und Laternen an der Wand.

Von wegen Ersterkundung!

Da hätten wir uns den Streit um die Namensgebung auch sparen können.

Die Höhle sei schon vor ein paar Jahrhunderten entdeckt worden, und bis vor wenigen Jahren habe man die sogar besichtigen können. Es gebe aber auch noch zahlreiche unerforschte Gänge, die ihre Geheimnisse bis heute verborgen hielten, erzählt Major Horst, der die ganze Truppe im Gleichschritt durch den Stollen marschieren lässt. Nur bei Lena und mir in meinem Kleid mit dem Schmetterlingsmuster macht er eine Ausnahme. Justins Vater hält nichts von Frauen in Uniform.

Außerdem ist er ein bisschen sauer auf uns, weil die Licht- und Soundshow in der Grotte für die Jungs der Höhepunkt des Aufenthalts im Camp Kinderglück sein sollte. So eine Art Vorbereitung auf den Ernstfall. Major Horst hat das ganze

Verpflegungsgeld des Camps in das Spektakel investiert, und das ist auch der Grund, warum es auf der Jungsseite Tag für Tag immer nur Mockturtlesuppe und keine frisch gelieferte Pizza gab.

»Das Feuerwerkszeug hat echt der Opa in dem Kanu vorbeigebracht«, erzählt uns Justin, der neben Alex im Gleichschritt am Ende der Kolonne marschiert.

Das überrascht mich nicht. Adolf Schmitz und Major Horst kennen sich, weil sie beide vor gar nicht langer Zeit meine Boxtrainer waren. Adolf Schmitz ist ein echter Tausendsassa. Was der schon alles gewesen ist in seinem Leben: Seemann, Rockstar und sogar Exfreund der englischen Queen, als die noch keine Königin, sondern nur Prinzessin war. Da ist so eine Lieferung von hochexplosiven Böllern und Raketen ein Klacks für den.

»Aber warum ist er nicht mit dem Wagen gekommen?«, fragt Lena.

»Alte, Major Horst hatte Angst, dass der in eine Straßenkontrolle kommt und all das teure Zeug dann beschlagnahmt wird«, erklärt Alex.

»Echt, der Opa hat dann auch erfahren, dass das Tal total verschuldet ist. Da wollte er helfen. Deswegen hat er sich bei der alten Dame einquartiert, um sich in Ruhe einen Rettungsplan auszudenken«, bringt Justin uns auf den neuesten Stand, und damit ist auch geklärt, was Adolf Schmitz in dem rosa Morgenmantel auf der Terrasse zu suchen hatte. Wahrscheinlich sind seine Klamotten ebenfalls Neros scharfen Krallen zum Opfer gefallen, genau wie meine.

Ich muss grinsen, weil Alex und Justin nicht wissen, was ich weiß. Wenn Lena und ich erst von den prähistorischen Wandmalereien erzählen, ist die nette alte Dame saniert. Dann kann die sich vor Besuchern gar nicht mehr retten. Und das Beste ist: Es gibt sogar schon ein Kassenhäuschen, das etwas heruntergekommen am Hauptausgang der Höhle steht.

Da laufen wir nämlich gerade vorbei. Der Rest des Weges führt uns durch den Wald mit den roten Bäumen direkt ins Camp Kinderglück, das gar nicht so leer und verlassen aussieht, wie ich erwartet hatte, sondern im Gegenteil ziemlich belebt ist.

»Deckung!«, zischt Major Horst. »Wir schleichen uns an, überwältigen die Eindringlinge und bauen dann am Rand des Camps ein Gefangenenlager.«
Wahrscheinlich befürchtet Justins Vater, dass das Camp in seiner Abwesenheit vom Feind eingenommen worden ist.
Wer immer dieser Feind auch sein könnte.
Die CIA? Unwahrscheinlich.
Das Imperium? Noch unwahrscheinlicher.
Die Amazonasen? Schon möglich.
Auf Major Horsts Kommando lassen sich alle Jungs auf den Boden fallen und suchen robbend Schutz hinter Wurzeln, Baumstämmen oder den Haufen mit leeren Mockturtlesuppen-Dosen, die irgendwer hier im Wald entsorgt hat.
Für uns als Zivilisten gilt der Befehl nicht. Also bleiben Lena und ich einfach stehen und nähern uns neugierig dem Waldrand. Im Camp Kinderglück herrscht ein Gedränge wie auf einem Weihnachtsmarkt zwei Tage vor Heiligabend, und ich wüsste schon gerne, was die vielen Leute dort zu suchen haben.

Lena, die sich bei mir untergehakt hat, sieht mich fragend an, weil ich vor Schmerz mein Gesicht verziehe.

»Hat er wieder mit dir gesprochen?«, erkundigt sich Lena teilnahmsvoll.

»Nein, er hat mich getreten«, erwidere ich.

»Aber das geht doch gar nicht.«

Da hat sie recht, weil mich COOLMAN überhaupt nicht treten kann. Weh tut mein Po trotzdem. Seltsam.

Anti ist mit den anderen Mädchen über den Fluss gekommen und steht neben Adolf Schmitz, der immer noch den rosa Morgenmantel trägt. Er hat den Arm um die Schulter der netten alten Dame gelegt. Gemeinsam sehen sie dem schmierigen Banker dabei zu, wie er in seinem dunkelgrauen Anzug mit langen Schritten den Platz vermisst. Er hat wieder seine alberne Dagobert-Duck-Krawatte umgebunden. Neu ist das Pflaster auf seiner Wange. Mit wichtiger Miene gibt er die Ergebnisse seiner Messungen in ein Smartphone ein. Dabei erklärt er so laut, dass es jeder hören kann: »Hier kommt der Fast-Food-Laden hin, und da vorn bauen wir unsere hypertopmoderne Indoor-Skilanglaufhalle. Den Rest betonieren wir einfach zu. Kunstrasen und Plastikbäume sind sowieso viel günstiger on the long run.«

Den Beton brauchen wir gar nicht, weil ich ja weiß, wie die nette alte Dame alle ihre Schulden bezahlen kann.
Ich laufe aus dem Schutz des Waldes heraus, stelle mich dem Anzugträger einfach in den Weg und rufe: »Aufhören! Sofort aufhören!«
Dann passiert plötzlich ganz viel auf einmal:
»Auf Föhren? Was will das Mädchen denn auf Föhren? Hier wachsen doch gar keine Föhren?«, fragt die nette alte Dame.
»Kai! Lena! Da seid ihr ja! Wir haben euch schon überall gesucht!«, ruft Anti sichtlich erleichtert.
»Die ist ja gar kein Mädchen! Die ist ein Junge! Das ist Kai!«, brüllen die anderen Mädchen entsetzt.

»Jungchen, schön, dich zu sehen«, begrüßt mich Adolf Schmitz und nimmt mich in den Arm. »Ich und er - du weißt schon, wer - haben uns schon Sorgen gemacht.«

»Geh mir aus dem Weg, Bengel! Du störst!«, schnauzt mich der schmierige Banker an.
Dann stürmt Major Horst auch schon unter lautem »Attacke!«-Gebrüll mit den Jungs das Camp, was die ganze Lage noch etwas unübersichtlicher macht. Es dauert eine Weile, bis er bemerkt, dass es hier weder die CIA noch das Imperium und auch keine Amazonasen gibt. Als er das erkannt hat, lässt er die Jungs in Reihe antreten und Kniebeugen machen, um die peinliche Situation zu überspielen.
Ich bin heilfroh, dass ich mit dem Schmetterlingskleid ausgemustert bin und nicht mitmachen muss. Zum einen, weil die Mädchen sich vor Lachen kaum noch halten können, und zum anderen, weil ich eindeutig Wichtigeres zu tun habe.
»Die nette alte Dame kann ihre Schulden bezahlen«, erkläre ich dem Anzugträger. »Es gibt eine Höhle hier im Tal, und

darin sind Wandmalereien. Uralte Zeichnungen von Steinzeitmenschen. Die Bilder sind Millionen wert.«
Für einen Moment ist es ganz still.
»Schilder, was denn für Schilder?«, erkundigt sich die nette alte Dame.
»Bilder! Er hat *Bilder* gesagt!«, brüllt ihr Adolf Schmitz ins Ohr. »Und wenn das stimmt, dann ist das Tal gerettet. Dann steht das alles hier bald unter Denkmalschutz.«
Die alte Dame humpelt an ihrem Stock auf mich zu und umarmt mich dankbar, während Adolf Schmitz seinen Daumen in die Höhe reckt, was wohl so viel heißen soll wie: Gut gemacht, Kai!
Lena schaut ganz stolz zu mir herüber, und die anderen Mädchen, die eben noch hysterisch gebrüllt haben, fangen alle an zu klatschen. Sogar Anti. Auch die Jungs haben ihre Kniebeugen unterbrochen und jubeln mit. Dagegen hat selbst Major Horst nichts einzuwenden. Im Gegenteil: Er stürmt auf mich zu, murmelt »Kolossale Leistung!« und haut mir so anerkennend auf den Rücken, dass er mir fast die Schulter bricht.

Die Einzigen, die nicht mitjubeln, sind:

1) der Banker mit seiner albernen Krawatte,
2) Alex und
3) Justin.

Als es für einen Moment etwas ruhiger wird, tritt Alex vor. »Alter, die Bilder ... waren das so Elefanten und Zombie-Tiger?«
»Und war da echt auch so ein Typ mit 'nem Handy?«, ergänzt Justin, der sich neben Alex gestellt hat.
»Nein, das waren Mammuts und ein Säbelzahntiger. Und dann war da noch ein Medizinmann mit einem Stein in der Hand ...« Während ich rede, wird mit einem Schlag alles klar.
»Sollten aber eigentlich echt Elefanten und Zombie-Tiger sein«, erklärt Justin.
»Und ein Kerl mit Handy, Alter. Die haben wir gemalt, als wir Major Horst geholfen haben, das ganze Feuerwerkszeugs in die Höhle zu schaffen.«
»Da haben wir uns bisschen da unten umgeguckt. Echt, da kann man sich gar nicht verlaufen, da unten. Ist ja echt voll übersichtlich!«
Stille. Absolute Stille. Totale Stille, in der ich mich frage, warum ausgerechnet die beiden sich dort unten mühelos zurechtfinden, während Lena und ich uns dort heillos verirren. Der schmierige Banker fängt an zu lachen. Er kann sich gar nicht mehr einkriegen. Ihm und allen anderen ist klar, dass die Rettung des Tals damit endgültig gescheitert ist.

»Und jetzt tu mir den Gefallen, Kleiner, und geh mir aus dem Weg. Ich muss ausmessen, ob wir hier nicht auch noch eine Kartbahn unterkriegen, wenn wir den Fluss zuschütten«, sagt der Anzugträger und fährt fort, mit langen Schritten den Platz abzuschreiten.
»Noch gehört Ihnen das Tal nicht!«, ruft Adolf Schmitz tapfer dazwischen.
»Noch nicht, aber bald. Schon sehr bald sogar«, antwortet der Banker, ohne aufzusehen, weil er gerade wieder ein paar Zahlen in sein Smartphone notiert.

Ich muss plötzlich wieder niesen. Damit hatte ich in der Höhle keine Probleme. Vielleicht lag das an den seltsamen Dämpfen aus dem Tümpel? Vielleicht könnte man dort unten Kuren anbieten für Menschen, die unter Schnupfen und Erkältung leiden.
Viel zu kompliziert! Bis hier die ersten Kurgäste eintreffen, ist das Tal längst unter einer dicken Betonschicht verschwunden.

Als ich nach einem Taschentuch krame, fällt einer der Steine auf den Boden, die ich in der Höhle aufgehoben habe.
Weil die Sonne gerade für einen Moment zwischen den Wolken hindurchscheint, glitzern die silbernen Fäden, die den Stein durchziehen.
Adolf Schmitz kniet sich auf die Erde, nimmt ihn in die Hand und betrachtet den kleinen Felsbrocken nachdenklich.
»Wo hast du den her, Jungchen?«, fragt er mich schließlich.
»Aus der Höhle«, antworte ich wahrheitsgemäß.
»Gab es noch mehr davon?«
»Haufenweise«, erwidert Lena für mich.
Alle starren auf den Stein in Adolf Schmitz' Hand. Auch der Anzugträger, der sogar aufhört, herumzumarschieren und Zahlen in sein Telefon zu tippen.
»Das ist echtes Silber! Da bin ich ganz sicher. Ich habe ja nicht umsonst zehn Jahre lang in Südamerika den Boden nach dem Zeug durchwühlt. Wenn es in der Höhle mehr davon gibt, ist das Tal gerettet!«
Ich habe doch gesagt, Adolf Schmitz ist ein echter Tausendsassa.

Noch gibt es einen letzten Zweifel, den ich ausräumen muss. Ich nehme Adolf Schmitz den Stein aus der Hand und gehe damit zu Alex und Justin.
»Den habt ihr nicht zufällig da unten verloren?«, frage ich und halte ihnen das glitzernde Stück Felsen vor die Nase.
»Echt nicht, aber wenn du da unten vielleicht einen Schokoriegel gefunden hast, das ist unser.«
»Alter, den haben wir da verloren, und es war unser letzter.«
Großer Jubel. Riesiger Jubel. Ohrenbetäubender Jubel.
Allen ist endgültig klar, dass das Tal doch noch gerettet werden kann.
Allen, auch dem Anzugträger.
Fluchend packt er sein Smartphone in die Tasche und stapft missmutig durch die Wiese, den Hügel hinauf, und weg ist er auch schon.
»So ein gut erzogener junger Mann. Und schick gekleidet war er auch«, seufzt die nette alte Dame und schaut ihm hinterher.
»Der war überhaupt nicht gut erzogen!«, brüllt Adolf Schmitz ihr ins Ohr.
»Wen hat er über den Tisch gezogen?«, fragt die nette alte Dame, und damit liegt sie diesmal sogar beinahe richtig.
Lena steht neben mir und greift nach meiner Hand. So offensichtlich, dass es alle sehen können. Ihr ist das scheinbar egal und mir auch.
»Hat dein COOLMAN wieder was zu dir gesagt?«, flüstert sie mir ins Ohr.

»Ja«, schwindele ich. »Er hat mir geraten, ich soll dich endlich fragen, ob wir diesmal zusammenbleiben und uns nicht wieder trennen.«

»Kann er mich hören?«, fragt Lena.
»Ich glaub schon«, antworte ich.
»Das war ein sehr guter Rat von dir, lieber COOLMAN«, flüstert Lena. »Und ja, wir bleiben zusammen. Ich weiß ja jetzt, warum Kai sich manchmal so komisch benimmt.«
Als wollten sie das Schlimmste verhindern, tauchen genau in diesem Augenblick Lenas Eltern mit ihrer Sportjacht auf dem Fluss auf. Ihr Vater lässt das Nebelhorn des Schiffes dreimal laut tuten, sodass alle erschrocken zusammenfahren. Dann legt er mit dem Boot an Major Horsts Jeep an, der immer noch halb im Wasser steht und so einen prima Landungssteg abgibt.
Gemeinsam mit seiner Gattin und Lenas kleinem Bruder Max schreitet er majestätisch an Land, und man kann sehen, wie ihm sein spektakulärer Auftritt gefällt. So viele staunende Zuschauer hat er eher selten, weil er als Bürgermeister nicht sonderlich beliebt ist. Ich staune auch, weil hinter ihm jetzt meine Eltern an Deck erscheinen.

Das ist kein Fieber, das ist Liebe. Aber das wird COOLMAN nie verstehen. Der ist einfach nur eifersüchtig.

Lenas Eltern schließen ihre Tochter in die Arme, und meine Eltern machen es mit Anti und mir genauso, während Max allen Umstehenden mit seiner Wasserpistole Zitronensaft in die Augen spritzt.

Dann fangen unsere Eltern auch schon an zu erzählen, dass sie sich zufällig im Urlaub in der Lüneburger Heide getroffen und dort beschlossen hätten, uns gemeinsam mit der Jacht von Lenas Vater hier abzuholen.
»Ist das nicht eine gelungene Überraschung?«, fragt meine Mutter, und da kann ich nur nicken.
»Na, dann komm, Lena. Pack deine Sachen, wir fahren nach Hause«, erklärt ihre Mutter.
»Und wir auch«, sagt mein Vater und zeigt augenzwinkernd auf mein Kleid. »Schicker Fummel, den du da trägst.«
Dass ihn mein seltsamer Aufzug nicht wundert, liegt daran, dass er Schauspieler ist. Da ist er komische Verkleidungen gewohnt.
»Kai und ich gehen aber nur gemeinsam«, sagt Lena und greift wieder nach meiner Hand, die sie wegen der Umarmung ihrer Eltern kurz losgelassen hatte.
»Genau! Wir sind nämlich jetzt zusammen«, stimme ich zu und erwidere ihren Händedruck.
Dabei bemühe ich mich, Lenas Vater fest in die Augen zu blicken, damit er merkt, dass es uns beiden ernst ist. Das mit dem festen Blick ist aber gar nicht so einfach, weil Lenas Bruder mich gerade mit seiner Zitronensaftpistole erwischt hat.
»Das kannst du dir abschminken, Sportsfreund!«, faucht Lenas Vater mich an. Er kann mich nicht leiden, aber das beruht auf Gegenseitigkeit. »Meine Tochter hat was Besseres verdient als einen Hänfling in einem lächerlichen Schmetterlingsfummel!«

»Das Kleid steht meinem Sohn ganz ausgezeichnet!«, verteidigt mich meine Mutter. »Im Gegensatz zu Ihrer Frau kann er so was tragen.«
»Frechheit!«, schreit Lenas Mutter. »Aber es wundert mich gar nicht, dass Ihnen als Schmierenkomödianten so ein Aufzug gefällt.«
»Besser ein Schmierenkomödiant als ein korrupter Politiker«, knurrt mein Vater.
»Wer ist hier korrupt?«, bellt Lenas Vater zurück.
»Na, Sie mit Ihrem verzogenen Bengel!«, schreit meine Mutter dazwischen. »Mein Sohn ist viel zu gut für Ihre Tochter.«
Bei jeder Bemerkung gibt es Szenenapplaus der Zuschauer, die sich auf unsere Kosten hervorragend amüsieren.
Lenas Vater fängt jetzt an, meinen Vater zu schubsen, während sich meine und Lenas Mutter Schimpfwörter an den Kopf werfen, die ich hier leider nicht wiederholen darf, weil die ziemlich unanständig sind. Ein paar davon kannte ich noch gar nicht.

»Ruhe! Ruhe! Ruhe, verdammt noch mal!«, brüllt plötzlich Anti. »Wenn die beiden sich gernhaben, dann lasst sie doch. Das Leben ist zu kurz, um sich zu streiten. Solange die Blumen blühen, muss man sich an ihnen erfreuen. Genießt das Leben, das ist die Botschaft des Sommers und der Liebe. Schon morgen kann das Glück verwelken, und deswegen muss man es im Hier und Jetzt in sich aufsaugen, damit man sich an den Erinnerungen wärmen kann, wenn der eisige Winter kommt. Es lebe das Leben! Es lebe die Liebe! Es lebe das Glück!«
Wow! So eine Rede hätte ich Anti gar nicht zugetraut. Alle sind ganz ergriffen: die Mädchen, die Jungs, Alex, Justin, Lena, ich, meine Eltern, Adolf Schmitz und auch Major Horst, der extra grimmig guckt, damit niemand bemerkt, wie sehr ihn Antis Rede bewegt hat. Antis Ansprache wäre selbst an dem schmierigen Banker nicht spurlos vorbeigegangen, aber der ist ja schon weg.

Alle sind ganz gerührt, abgesehen von Lenas Eltern.
»Oh mein Gott, dieses schreckliche Grufti-Mädchen gehört ja auch zu dieser grauenhaften Sippe!«, ruft Lenas Mutter entsetzt. »Die hatte ich ganz vergessen!«
»Lena! Wir gehen!« Der Bürgermeister greift nach Lenas freier Hand und zerrt sie von mir weg und hinter sich her auf die Jacht, während Max mit seiner Wasserpistole den Rückzug deckt und ihm Feuerschutz gibt.
Die Zuschauer buhen und pfeifen, aber genau wie ich können auch sie Lenas Verschleppung nicht verhindern.
»Sie können uns beide nicht trennen!«, ruft Lena mir zu, als das Schiff mit der Familie des Bürgermeisters unter Volldampf davonfährt.
»Niemand kann uns trennen! Wir gehören zusammen, so wie er und ich!«, schreie ich zurück, weil ich weiß, dass sie weiß, wer mit »er« und »ich« gemeint ist. Und untrennbarer geht es ja gar nicht mehr. Dann ist das Boot auch schon hinter einer Biegung verschwunden.
Meine Mutter streicht mir tröstend über die Haare und sagt: »Sei froh, dass du mit denen nichts mehr zu tun hast.«
»Schreckliche Leute sind das«, bemerkt mein Vater.
»Elende Spießer!«, zischt Anti.
Nur mein alter Freund Adolf Schmitz lächelt mir in seinem rosa Morgenmantel verständnisvoll zu, ehe er großzügig vorschlägt: »Ich bringe euch nach Hause. Das Kanu ist groß genug für uns alle.«

Als wir uns verabschieden, nimmt mich die nette alte Dame noch mal in den Arm und flüstert mir »Ich danke dir sehr!« ins Ohr.
»Kleinigkeit«, antworte ich und bin gespannt, was sie verstehen wird. Vielleicht Einigkeit, Peinlichkeit oder Reinlichkeit.
»Das war alles andere als eine Kleinigkeit, sondern eine wirklich große Tat«, flüstert sie und zwinkert mir verschwörerisch zu.
Hat sie also doch alles verstanden! Die ganze Zeit!
»Wir müssen los!«, ruft Adolf Schmitz, der mit dem Rest meiner Familie schon im Kanu sitzt.
»Das ist doch kein Floß. Das ist ein Kanu, Adi«, kommentiert die nette alte Dame kopfschüttelnd. Dabei zwinkert sie mir wieder zu. Ich zwinkere zurück und steige in das Kanu zu den anderen.

Als wir über den Fluss davonpaddeln, hören wir aus der Ferne Major Horsts Stimme. Er hält gerade eine Ansprache.
»Schluss mit dem Drill. Ab heute genießen wir einfach den Sommer. Der eisige Winter kommt früh genug. Wegtreten zum Spaßhaben!«
Da hat Antis Rede also doch was bewirkt. Sie grinst mich an, und da muss auch ich grinsen.
So schlimm ist das mit der Trennung von Lena nämlich gar nicht, weil wir ja trotzdem zusammen sind. Es sind ja nur unsere Eltern, die uns getrennt haben. Und mal ehrlich, so clever sind die vier nicht, als dass wir nicht irgendwelche

Wege finden würden, uns trotzdem wiederzusehen. Und bestimmt hat COOLMAN ein paar coole Tipps für mich auf Lager, wie Lena und ich uns zu Hause in Keinklagenstadt heimlich treffen können.

Wenn er mir nicht helfen will, dann frage ich eben Adolf Schmitz. Oder Anti. Die helfen mir bestimmt.
Es lebe das Leben! Es lebe die Liebe! Es lebe das Glück!

12. Kapitel
Sie mag dich
Bist du immer noch beleidigt?
KILLE KILL
Hör auf! Hihihi!
Klar bin ich beleidigt.
Warum?
Du hast mich verraten. Früher hat man Verräter gemartert.
AUA
Oder von Klippen gestoßen.
Das waren noch Zeiten.
Was habe ich denn verraten?
Du hast ihr von mir erzählt.
Stimmt. Und sie sagt, sie mag dich.
Echt?

Hat sie selbst gesagt.
Was machst du da?
Mädchen lieben Blumen.
Und Liebeslieder.
PLATSCH
Das war das falsche Haus.
Und was soll das?
Ich lerne tanzen. Mädchen tanzen gern.
Und ich schenke ihr einen Ersatz für Schnüffi.

Machst du dich etwa an Lena ran?
Schnell-merker.
KNUFF
BOING
TRITT
Hey, Jungs! Hört auf, euch zu streiten.
Sag, dass du nur mich magst!
Den doch nicht! Mich!
Ich mag euch beide.
Aber mich magst du mehr, oder?
Nein, mich! Stimmt doch, nicht wahr?
Ende